L'ÎLE DES BEAUX LENDEMAINS

DU MÊME AUTEUR

L'Avant-Dernière Chance, Calmann-Lévy, 2009, prix Nouveau Talent 2009, prix Chronos 2011

Nouvelles contemporaines. Regards sur le monde, nouvelles, avec Delphine de Vigan et Timothée de Fombelle, Livre de Poche Jeunesse, 2012

CAROLINE VERMALLE

L'ÎLE
DES BEAUX LENDEMAINS

belfond

Belfond | un département **place des éditeurs**

place
des
éditeurs

À M et D, qui ont élevé mon cœur

« La vieillesse est l'âge des découvertes. »

Benoîte GROULT

« Old age ain't no place for sissies. »

Bette DAVIS

1

Je connais peu les affaires des hommes. Pourtant je savais, ce matin-là, sur ce chemin tranquille de l'île d'Yeu, que quelque chose ne tournait pas rond.

Maniola jurtina, papillon de mon état, de la famille des *Nymphalidæ*. Vous avez sûrement déjà croisé mes ailes fauves, marron et orange, sur les routes de campagne. Du vaste monde, ce jour de juin, je ne connaissais encore que les pierres du petit muret, là-bas, à côté du vieux fourgon Citroën. J'étais né deux jours auparavant. Voyez-vous cet amas de poussière enrobé de toiles d'araignée, à côté du lierre ? C'est ma chrysalide qui sèche. À cette époque, je ne m'étais pas encore aventuré près de la maison aux parfums d'épices au fond du jardin. Mon exploration s'était limitée aux mûriers près de la barrière ; Apéliote, le vent du sud-est, m'avait soufflé qu'au-delà de la boîte aux lettres rouillée le petit chemin mène à la plage. Alors, quand j'ai senti cette vibration étrange qui chatouillait mon envol, je me suis d'abord dit qu'elle venait de l'océan. Puis je l'ai vue. Celle que nous attendions tous.

Une femme, très mince. Fragile, presque. Son vélo grinçait un peu mais rien n'expliquait ce qui flottait autour d'elle : une musique, non, un rythme, de plus en plus puissant à mesure que j'étais happé dans son sillage.

On disait que la mort d'un papillon l'avait tant et si bien émue qu'elle en avait changé la trajectoire de sa vie. Je virevoltais autour d'elle. Le parfum suranné de son cardigan, la laque poivrée qui figeait ses cheveux blancs, l'éclat fané d'une petite émeraude sur son cou tacheté me le soufflaient tous : elle était vieille. Était-ce bien elle ? Les hommes ont-ils la main sur leur destin, à un si grand âge ? Mais j'oubliai soudain ces questions, j'avais compris ce qui bouleversait ce matin ordinaire : le battement de son cœur.

Un battement si fort et si rapide et si peu en accord avec cette route tranquille. Les yeux rivés sur la maison blanche, elle s'arrêta et posa délicatement son vélo contre le vieux mur. Puis, la tête droite, elle poussa la petite barrière en bois bleu. Elle s'avança sur les dalles de pierre qui zigzaguaient entre les pots fleuris. À mesure qu'elle approchait de la maison, une symphonie de casseroles allait crescendo, et le vacarme de son cœur augmentait. Je papillonnais comme un fou. Derrière des arbustes, elle découvrit l'entrée. Elle était grande ouverte.

La porte était retenue par une vieille chaise, sur laquelle étaient posées des bottes d'enfant en caoutchouc. Le sol scintillait et dégageait une odeur de pin. La femme frappa à la porte, mais le bruit se perdit dans le tintamarre des cuivres. Alors elle agita ses cils couleur de Demi-Argus, reprit son souffle qui se perdait et dit enfin :

— Bonjour, excusez-moi, il y a quelqu'un ?

Les casseroles se turent, des pas résonnèrent sur le carrelage et la poitrine de ma belle sembla tout à coup contenir un dieu en colère. Je volai à tire-d'aile me cacher dans l'ombre d'un volet bleu : qu'était-elle venue faire en ce lieu qui promettait tant de violences à son cœur fatigué ?

2

C'est Zéphyr, le vent d'ouest, qui me parla d'elle. Il s'en souvenait bien. Il l'avait vue un mois auparavant, un soir sans nuages, à Erquy, en Bretagne.

22 h 02

Il était entré par la boîte aux lettres, une ouverture dans le verre cathédrale barré de fer forgé de la porte d'entrée, qui donnait directement sur la rue de Ker-Huitel. Que fabriquait-il, ce coquin de Zéphyr, dans cette maison où il n'y avait rien pour jouer ? Pas de poussière, pas de désordre et rien pour faire des courants d'air. Mais Zéphyr – qui se satisfait de peu de chose – avait eu vent d'un petit événement qui allait se dérouler ce soir, et il attendait avec impatience que vienne ce moment. Il glissait sur les tomettes impeccables, agaçant les plantes vertes dans leurs pots de cuivre, picotant les napperons de dentelle et leurs bibelots anciens. Mais, quand il arriva dans la cuisine, il vit notre dame de l'île, Jacqueline Le Gall, tout engoncée dans un chemisier de soie et dentelles parfaitement repassé, qui se tenait au milieu d'une cuisine encombrée des préparatifs d'un dîner pour quatre. Debout près de l'évier, elle avait dans les mains des résultats d'analyses médicales et essayait de les déchiffrer. Devant elle, un papillon de nuit s'acharnait sur la fenêtre, tentant en vain de s'échapper vers le soir qui tombait. Marcel, son mari, un grand septuagénaire athlétique à la coupe militaire, allait et venait dans la cuisine, répétant avec force gestes :

— Tu t'inquiètes toujours pour rien. Je te l'avais bien dit que je n'étais pas malade ! Pour un rien, Jacqueline, tu me fais des montagnes. Tu sais, aller chez le toubib tous les quatre matins, ça ne m'amuse pas ! Enfin bon, s'il n'y a que ça pour te faire plaisir… Mais me faire faire des piquouzes en plus, là, non ! Parce que je vais te dire : celui-là, de test, c'était pas une partie de plaisir. Alors ça suffit…

Jacqueline regardait toujours la lettre.

— C'est quoi, ça ? demanda-t-elle en montrant du doigt une ligne du document.

— Quoi encore ? Fais-moi voir.

Marcel chaussa les lunettes qui pendaient à son cou et prit le papier avec impatience.

— Mais ça, s'emporta-t-il, ce n'est rien, tu sais, c'est le truc qui me rend stérile. Je te l'ai déjà dit la dernière fois.

— Tu ne me l'avais pas dit, fit Jacqueline d'une voix neutre.

— Si, rappelle-toi, c'était l'année dernière, quand tu as voulu me faire faire l'examen du cancer de la prostate. Encore un bon souvenir, tiens, et grâce à toi. Je t'avertis, Jacqueline, c'est la dernière fois que je fais tes tests à la con. Bon, ils sont en retard, les Charon, qu'est-ce qu'ils fabriquent ?

Sans attendre la réponse, Marcel avait repris son monologue. À soixante-seize ans, il était en pleine forme. Cette nage en mer qu'il faisait tous les matins depuis vingt ans, qu'on n'aille pas lui dire que ça n'avait rien à voir ! Vingt ans qu'on le prenait pour un pauvre fou parce qu'il se baignait même l'hiver ! Vingt ans que les frileux disaient qu'il allait y laisser sa peau, dans cette eau qu'était pas faite pour les vieux, terrassé par une vague ou le froid ou le mouillé ou juste l'arrogance de le faire. N'empêche qu'il était là, le dernier mot, sur la fiche du docteur ! Il n'avait RIEN ! Rien qu'un corps de champion et la gnaque intacte !

— Et tiens, ce projet de nager toute la Loire, mille kilomètres, si je le faisais, ça leur rabattrait le caquet, je peux te le dire… Enfin, ça, on en reparlera après, fit-il en lançant à sa femme des regards en coin.

Mais Jacqueline n'écoutait plus depuis un moment. Elle était restée debout, agrippée au bord de l'évier. Son teint avait la couleur des articulations de ses doigts crispés, un blanc diaphane que le sang avait déserté. Elle était parfaitement immobile, mais on aurait dit que le temps avait enfin pris possession de son visage. Seuls ses cils lourds de mascara bleuté s'affolaient, battaient comme les ailes de cet insecte contre la vitre froide. Son regard brillant de larmes retenues se posa loin de son mari volubile.

— Ouvre la fenêtre…, murmura-t-elle en regardant le papillon qui s'épuisait.

Mais personne n'obtempéra, car la sonnette avait retenti. Les invités étaient arrivés.

Renée et Paul étaient des amis de longue date, femme au foyer et professeur à la retraite, et vivaient à quelques rues de là. Paul, soixante-dix-neuf ans, était un petit homme dont les yeux pétillaient sous des sourcils touffus et dont la chevelure clairsemée prétendait encore, avec beaucoup d'optimisme, être ébouriffée. Il connaissait

Marcel, le mari de Jacqueline, depuis sa mutation dans un lycée breton, une trentaine d'années auparavant. Paul avait fait avec Renée, quatre-vingt-un ans (mise en plis auburn, voix haut perchée et sourire à toute épreuve), un mariage tranquille et quatre enfants. Zéphyr baladait l'écho du tintinnabule des fourchettes contre la porcelaine à travers le couloir et rapportait les conversations des convives au silence des chambres du haut. Celle qui parlait le moins, c'était Jacqueline.

Elle promenait ses gestes anxieux de la cuisine à la salle à la manger, tourmentée entre une pile d'assiettes délicates et de boîtes en carton du traiteur, cachée derrière un sourire muet parmi les rires, maladroite quand elle s'approchait de Paul, éclipsée toujours par Marcel. À cette heure de la soirée, Jacqueline ressemblait encore à toutes ces épouses bourgeoises que le confort d'un mariage sans amour a transformées en papillons épinglés.

Il se faisait tard, la nuit devenait belle et Zéphyr commençait à s'ennuyer à l'intérieur. Peut-être lui avait-on donné un mauvais tuyau, l'événement n'aurait pas lieu. Mais, soudain, Renée s'excusa et se leva de table avec la plus grande difficulté. Elle se dirigea vers le vestibule et fouilla sous le portemanteau pour en sortir un sac plastique Intermarché. Elle semblait se hâter. Dans le salon, Paul se leva lui aussi, tendit le cou pour apercevoir Renée et éteignit la lumière d'un coup.

— Mais qu'est-ce que… ? s'exclama Marcel.

Le visage de Renée, éclairé par des bougies, émergea de l'obscurité du vestibule, et Paul se joignit à elle pour entonner :

— Joyeux anniversaire, joyeux anniversaire… Joyeux anniversaire Jacqueline !

Avant que le gâteau ait pu toucher la table, Marcel s'était levé pour rallumer le plafonnier.

— Qu'on y voie quelque chose pour souffler, quand même !

Jacqueline était toute rouge et ne savait plus où mettre sa serviette.

— Oh, Renée, ce n'était pas la peine de te donner tout ce mal ! Il ne fallait pas t'embêter, j'avais prévu une salade de fruits.

C'est le moment que Zéphyr attendait : celui de souffler. Mais la vieille dame s'arrêta dans son élan. Elle ne savait plus quel âge elle avait. Soixante-treize ou vingt ? Elle avait perdu le fil. Son souffle effleura les flammes, avec une grande délicatesse, comme s'il ne fallait rien déranger.

Alors Renée, Paul et Marcel, chacun à sa façon, soufflèrent plus vigoureusement, et les bougies s'éteignirent dans un « Aah » de satisfaction. Zéphyr, tout émoustillé, virevolta un instant en volutes coquines, puis s'installa en soupirant d'aise près du gâteau au chocolat, après avoir respiré le parfum de cire répandu par la fumée des bougies sur les mises en plis de ces dames.

Paul et Renée avaient tout prévu, même le champagne et un petit cadeau.

— Oh, non ! Vraiment, là, vous n'êtes pas raisonnables, s'écria Jacqueline en défaisant le papier cadeau sur lequel brillait l'étiquette dorée d'une librairie.

— *La Santé par les aliments*, du Dr Vaillant, lut-elle. Oh, merci !

— Vous avez du pot qu'elle ne l'ait pas déjà, ajouta Marcel. Notre bibliothèque en est pleine, de ces bouquins-là. Je me demande ce qu'ils ont trouvé de nouveau à dire, tiens. Ça fait cinquante ans qu'ils écrivent les mêmes âneries.

— Merci, Renée, mais vraiment vous n'auriez pas dû, murmura Jacqueline avec un sourire gracieux.

Elle plia délicatement le papier coloré, qu'elle glissa sous son livre. Elle toucha à peine au gâteau, mais Marcel en reprit deux fois, alors ce n'était pas grave. Elle prépara une infusion dans une théière japonaise et la servit dans des tasses anciennes. Puis elle s'installa parmi ses amis, sans faire de bruit, et les laissa parler fort.

23 h 28

Renée et Paul étaient rentrés chez eux. Zéphyr allait partir lui aussi, mais il avait des envies de compagnie. Il resta assez longtemps pour observer Jacqueline seule dans la cuisine avec la vaisselle sale. Elle serrait son cardigan en fixant le papillon de nuit qui gisait à présent, mort, sur le rebord de la fenêtre.

Elle regarda par la vitre mais elle n'y vit que son propre reflet et celui de la pièce en désordre. La nuit, la fenêtre au-dessus de l'évier devenait le miroir de toutes ses disputes avec Marcel et de tous les efforts qu'ils avaient faits pour s'aimer ; de tous leurs repas en tête à tête et de son appétit qui n'était jamais venu ; de toute sa vie depuis cinquante ans, de celle qu'elle avait eue comme de celle qu'elle avait rêvé d'avoir. Le papillon, lui aussi, avait essayé de passer à travers le miroir. Mais ni lui ni elle n'avait réussi.

Elle entendit Marcel monter dans leur chambre. En haut, bientôt, ses ronflements résonneraient, accompagnés du tic-tac du vieux réveil posé à côté de ses lunettes, et aussi de celui de Jacqueline, de l'autre côté du lit. Ils faisaient autant de boucan l'un que l'autre.

Mais pas ensemble. Sur les deux réveils, le temps passait pareil, ni plus vite ni plus lentement, mais jamais les deux battements ne s'accordaient. « Tictic tactac tictic tactac ». Même quand on venait de les remonter. C'était comme ça.

Ce soir, quelque chose empêchait Jacqueline d'aller se coucher. Une lassitude particulière ; peut-être bien aussi l'odeur des bougies éteintes, le parfum de ces années parties en fumée. Pourtant, ne disait-on pas : « Demain est un autre jour » ? Pour Jacqueline, le renouveau des jours s'était arrêté il y avait cinquante-six ans. Vingt mille quatre cent cinquante-quatre nuits.

Jacqueline tenta de se reprendre, d'identifier ce qui la clouait ici et de s'en débarrasser grâce à des pensées plus gaies. Mais elle rencontra ce qui se passait en elle, et ce fut le choc. Quand, au moment de souffler ses bougies, elle avait perdu le temps d'un battement de cils la mesure de sa vie, elle avait réalisé dans un éclair de conscience fulgurant qu'elle s'était trompée d'existence.

Dans l'encadrement de la fenêtre, le reflet jaune de la cuisine s'estompa pour laisser la place à un ciel aux couleurs d'antan et à Nane. Nane, vingt-trois ans, toujours habillée de noir, la silhouette svelte, la grâce rebelle. Nane dans leur maison d'enfance en Touraine, au château de Montrie. Ses longues mains fines – et froides, comme celles de Jacqueline –, le verbe et le menton hauts, ses cigarettes. Les dimanches d'hiver où elles se serraient dans le lit pour se réchauffer. Et puis, ce jour-là, en 1953, alors que Jacqueline partait dans une voiture qui n'était pas la sienne, Nane à la fenêtre avec cet air fier et triste et ses beaux cheveux noirs qui se mêlaient à leurs adieux. Quel âge pouvait-elle avoir à présent ? Quatre-vingts ans ? Non... Elle était de 1930 et de décembre, ça lui faisait presque soixante-dix-neuf ans. Mon Dieu, soixante-dix-neuf ans ! Elle vivait sur l'île d'Yeu, paraît-il, au large de la Vendée, à la lisière de la Bretagne.

La vitre projeta l'espace d'un instant l'image d'une maison sous le soleil estival, les retrouvailles improbables de Nane Verbowitz et de Jacqueline, ces cousines qui ne s'étaient pas vues depuis cinquante-six ans. Des embrassades, des souvenirs évoqués en riant. Puis plus rien. Juste la cuisine, ses assiettes sales et son papillon mort.

Jacqueline ne bougeait pas. Elle fixait l'insecte. Combien de temps avait-il vécu ? Et combien de temps aurait-il pu vivre encore si seulement on avait ouvert cette fenêtre ?

Le tic-tac de la chambre, en haut, résonnait toujours dans sa tête. Il était temps d'aller se coucher.

Mais Jacqueline ne monta pas.

Et Zéphyr attendit, retenant son souffle.

00 h 39

Un vieux répertoire à la couverture de cuir usée dans les mains fines de Jacqueline. Il manquait X, Y et Z, mais V était toujours là. Pas de Verbowitz. Jacqueline sentit monter la déception. Puis, lentement, elle ouvrit la page à D.

Nane ~~Darginay de Boislahire~~ Verbowitz
Villa Jolie-Fleur
Rue de la Forge
85350 L'Île-d'Yeu

L'écriture soignée sur la page jaunie lui évoquait de petites vagues.

Dehors, la nuit semblait avoir intimé à toute chose le silence et l'immobilité. Et pourtant, quand la lame de fond contenue dans cette adresse déferla sur Jacqueline, elle ne bougea pas.

Deux jours, trois trains, un bateau et mille kilomètres plus tard, Jacqueline déposait son vélo contre le muret près du vieux fourgon Citroën et ignorait l'insecte qui tourbillonnait autour d'elle. Mais tous les papillons savaient que la dame qui s'était émue de la mort d'un des nôtres était arrivée à bon port.

3

Peut-être êtes-vous surpris par cet intérêt si vif : la plupart des hommes imaginent les insectes butinant dans leur coin, indifférents au reste du monde. S'ils savaient combien nous nous réjouissons des vaudevilles qui se jouent dans leurs jardins ! Car les hommes, si civilisés soient-ils, n'ont que deux yeux. Et nous, nous en avons mille chacun. Sans parler de nos alliances avec les vents : ils savent presque tout, ces cochons-là, mais Dieu qu'il faut négocier pour les faire parler ! Ah, toutes ces choses que les hommes se cachent, toutes ces paroles intimes qu'ils tentent de taire, qu'elles sont, pour nous, si délicieusement limpides ! Croyez-moi : jamais un papillon ne s'ennuie. Surtout quand les secrets sont grands, comme ceux de notre belle dame de l'île.

À ce moment précis, nous étions comme de jeunes fous car, malgré nos antennes à l'affût et l'intelligence des vents, nous savions que cette Jacqueline qui s'avançait parmi nous nous dérobait une partie d'elle-même. Plus fascinant encore, elle semblait étrangère à son propre cœur. Les hommes prétendent qu'un battement d'ailes de papillon suffit à provoquer séismes et tempêtes. Les insectes n'ont pas le goût des révolutions, mais certains d'entre eux sont poètes. C'est l'apanage de ceux qui savent que la vie est courte. Notre dame de l'île, Terra Incognita d'elle-même, allait-elle trouver ce qu'elle cherchait ici avant qu'il ne soit trop tard ?

Depuis le seuil de la maison, Jacqueline découvrit le visage hâlé d'une jeune femme qui passait la tête dans l'encadrement de la porte de la cuisine, afin de ne pas marcher dans l'entrée mouillée. Elle avait une tignasse noire rayée d'une mèche rouge et une bouche que Jacqueline qualifia de hargneuse.

— Oui, c'est pour quoi ?

— Bonjour, dit la vieille dame. Désolée de vous déranger, je suis une amie de Nane, enfin…

— Dites, ça vous embêterait de faire le tour, je viens de passer la serpillière, dit la jeune femme en lui faisant de grands signes avec les bras. Oui, passez derrière, je vous rejoins. C'est ça, de l'autre côté.

Jacqueline fit le tour de la maison. Nane était-elle décédée sans qu'elle l'ait su ? se demandait-elle. Elle n'avait plus de contact avec la famille depuis longtemps, mais un décès, ça se savait. Elle avait appris celui du mari de Nane, le peintre Aleksander Verbowitz, dont toute la famille avait retenu par cœur (et en cachette) le paragraphe dans le Petit Larousse. Mort d'un accident de la route. Jacqueline n'était pas allée à l'enterrement. Nane était-elle partie en maison de retraite ? Une chose était sûre, en tout cas, cette fille sèche n'était pas de sa famille, ni de celle du peintre, qui était blond – sang polonais. C'était visiblement une étrangère – marocaine, algérienne ? Gitane ?

Derrière la maison, Jacqueline découvrit un splendide terrain avec une grande pelouse, un petit jardin potager, un bungalow au fond, des tonnelles, un puits d'où sortaient des bambous et une jolie terrasse où s'accumulaient maintes plantes. Un vélo d'enfant, des outils de jardin, une vieille table en fer forgé. Tout cela était parfaitement harmonieux, jusqu'à ce que Jacqueline découvre ce qui gisait sur une chaise longue : une femme endormie, habillée d'un tee-shirt informe, des cheveux qui devaient avoir deux cents ans, épars, sauvages et victimes d'une teinture malheureuse. Un visage que terminait un menton triple, quadruple, et raturé d'autant de lignes que les flancs d'un éléphant. La bouche ouverte laissait sortir un ronflement rauque, et des mains aussi torturées que du bois flotté tenaient un roman policier perché sur ses cuisses énormes prolongées par des mollets affalés.

Jacqueline était à présent convaincue que rien ne la retenait ici, qu'il ne pouvait y avoir aucun lien de parenté entre ces résidentes vulgaires et Nane Verbowitz née Darginay de Boislahire. Mais, avant qu'elle ait pu songer à rebrousser chemin, la fille à la mèche rouge apparut sur la terrasse.

— C'était pour quoi ? dit-elle à Jacqueline en lui tendant son poignet.

Ses doigts étaient sales et sentaient le poisson. Jacqueline lui serra le poignet à contrecœur.

— Oh, ce n'est rien, je..., je..., je cherche Mme Verbowitz, elle habitait là dans le temps. Mais visiblement...

— Il vaudrait mieux que vous repassiez, parce que là c'est l'heure de la sieste, répondit la fille en désignant du menton le monstre assoupi.

Horrifiée, Jacqueline regarda la femme qui dormait puis se ressaisit.

— Oui, oui, je repasserai. Merci bien, lança-t-elle en prenant la direction de la route.

— Vous vouliez la voir pour quoi ? Je peux lui faire une commission ?

— Non, non, ne vous dérangez pas, ce n'était rien…

— Au moins lui dire qui est passé, je n'ai pas saisi votre nom, insista la fille.

— Mme Le Gall, Jacqueline, mais ne vous en faites pas, vraiment.

— Repassez plutôt vers dix-huit heures… quoique, non, ce soir on a du monde. Plutôt demain, d'accord ?

— Oui, demain alors, dit Jacqueline qui s'était déjà éloignée.

— Je lui dis que vous repasserez demain vers dix-huit heures.

— D'accord, oui d'accord, au rev…

Mais, avant qu'elle ait pu finir sa phrase, le jardin fut pris d'assaut par une voix formidable.

— Eh bien, je savais que le vent du sud il nous amenait la pluie, mais si en plus il amène les vieilles cousines, on n'est pas sortis de l'auberge ! Ah ah ah !

Un rire énorme jaillit de la chaise longue, suivi d'une redoutable toux qui n'en finissait pas. Nane était réveillée.

— Jacqueline, eh bien, j'en reviens pas. Qu'est-ce que tu fais là ? Arminda, ma fille, aide-moi à me relever, veux-tu ?

— C'est que j'ai les mains dans les araignées, ronchonna la jeune femme en les essuyant sur son tablier propre.

— Oh, les araignées, ça n'a jamais tué personne. Allez, mets ton bras là, pour que je puisse…

Et il fallut tous les efforts d'Arminda pour que Nane parvienne à s'extirper de sa chaise longue. L'opération fut laborieuse et ponctuée de râles. La gêne de Jacqueline devant ce tableau indigne se mut en un écœurement douloureux. Qu'avait fait le temps de sa belle Nane ? Dieu, qu'avait-il fait ?

4

Jacqueline n'avait rien pu faire. Il avait fallu qu'elle suive Nane et Arminda dans la maison aux araignées. Du salon plein d'antiquités dépareillées, croulant sous les livres poussiéreux et parsemé de peintures étranges, au petit couloir aux mille cadres jaunis puis à la cuisine où la chaleur moite au goût de marée débordait des cocottes, Jacqueline avait cherché une bouée de sauvetage. Un bibelot, un geste, une habitude, quelque chose qui lui aurait murmuré à l'oreille qu'elle avait bien fait de venir. En vain.

Elles s'installèrent toutes les trois dans la cuisine. Sur la toile cirée ancienne, de grands plats en Pyrex et différentes sortes d'outils de cuisine et de bricolage, marteau, pince, casse-noix. Au milieu, une créature rouge à laquelle il manquait des pattes : l'araignée de mer. Nane s'assit avec un grand ouf sur une petite chaise en formica jaune citron sur laquelle traînait un cardigan de laine troué. Arminda tira une autre chaise pour Jacqueline, qui sursauta au bruit, semblable à un cri, des pieds en ferraille sur le carrelage. Par la fenêtre ouverte, on voyait le jardin, tranquille, coloré et ombragé. Jacqueline aurait dû trouver là de la bonne humeur, pourtant : par exemple dans les motifs fleuris et délavés des carreaux de céramique, au-dessus de l'évier, ou sur les vieilles spatules en bois dans un bocal de confiture, sur le chauffe-eau qui ronflait, sur les dizaines de photos d'amis heureux encadrées sur le mur en face de la porte, et surtout dans les yeux gris de Nane, francs, bienveillants qui défiaient les années et les bien-pensants. Mais Jacqueline ne voyait que ce qui manquait : un peu d'elle-même.

— La salade d'abra, tu aimes ça ? demanda Nane.

— La sal… ? commença Jacqueline.

— Les araignées, là, c'est pas pour faire des guirlandes, c'est pour mettre dans la salade. Tu vas bien rester manger ce soir, maintenant que t'es là ?

— Je ne veux pas te dér…

— Mais non, mais non. Alors, raconte-moi, qu'est-ce qui t'amène par ici ?

— Oh, c'est…

Tous les mots que Jacqueline avait répétés depuis deux jours lui échappaient.

— J'ai toujours eu envie de visiter la région et je me suis dit que, comme je passais par là, je pouvais peut-être…

Nane n'écoutait plus.

— Je croyais que tu voulais la congeler, celle-ci ? fit-elle.

Jacqueline se tourna vers Arminda, qui tenait du bout des doigts une araignée vivante. La bête, encore couleur de sable, gigotait lentement au-dessus d'un grand fait-tout au couvercle un peu cabossé et sous lequel moussait une eau brune.

— C'est pour Jacqueline, dit Arminda. J'ai bien fait d'en prendre quatre, je te l'avais dit.

Nane se tourna vers sa cousine, qui regardait avec effroi les pattes se recroqueviller et disparaître dans l'eau bouillante.

— Tu passais par là, hein ? reprit Nane. Pourtant, ici, c'est sur le chemin de pas grand-chose.

— Tout le monde me disait que l'île d'Yeu c'était joli, alors je suis venue visiter…

— Ah oui, visiter les îles… Je l'ai fait, un temps.

— C'est vraiment très, très beau, tous ces volets bleus, la mer, le port avec le phare…, dit Jacqueline.

— Ah, le phare, oui. Arminda, tiens, ma fille, donne-moi donc le saladier vert.

— Tu es bien installée ici, continua Jacqueline. L'endroit est charmant. En plus vous n'êtes pas loin de Port-Joinville, pour les commerces, c'est pratique…

— Très pratique.

— Vous devez même y aller en vélo, non ?

— Dis donc, t'as quand même de la veine que je sois pas rancunière pour deux ronds, fit Nane sur le même ton détaché, tout en dépiautant ses fruits de mer. Je suis vieille, mais je perds pas encore la mémoire. C'est en 54 – mai 54 – que t'as épousé Le Gall, et depuis pas une nouvelle. C'est pas faute d'avoir essayé. Alors, écoute voir, je suis pas du genre à te faire la morale, et puis y a un paquet de flotte qui a passé sous les ponts. J'ai fait ma vie, et c'est bien dommage que t'aies pas été dedans, enfin je m'en suis accommodée. Mais au bout de cinquante ans tu resurgis comme ça, dis, c'est pas pour me complimenter sur la couleur de mes volets, quand même ?

Jacqueline eut un petit rire nerveux. Cherchant ses mots, elle regardait la table, marmonnant des « non, non mais si, si » et souhaitant partir en courant.

— Et Le Gall, où est-ce qu'il est ? fit Nane avant que sa cousine ait pu dire quoi que ce soit de cohérent.

— Pardon ?

— Ton mari. Pourquoi il est pas ici ? Il est pas mort, je l'aurais su. C'est juste que les îles c'est pas son truc, ou il en visite une autre ?

— Non, non, il est resté. Lui, tu sais, les voyages..., bégaya Jacqueline. Enfin ça va très bien.

— Bon, eh bien je suis ravie. On dîne vers vingt heures trente, ça te va ?

Sans rien ajouter, Nane et Arminda continuèrent à casser les pattes d'araignée à coups de marteau, de dents et de pinces. Puis la vieille femme jeta des regards en coin à Jacqueline, qui tordait ses doigts tout propres et regardait la toile cirée.

— C'était une bonne idée de passer maintenant, fit Arminda après une interminable minute de silence. Ils disent qu'on va avoir un beau mois de j...

— Il fallait que je parte de la maison, l'interrompit Jacqueline. J'avais besoin d'air.

— Nouj y ouoilà, fit Nane, une patte d'araignée entre les molaires gauches. Tu l'as quitté, alors.

— Non non non non non, je ne l'ai pas..., je n'ai pas quitté Marcel. Ne va pas t'imaginer... J'ai juste eu envie de prendre... des vacances.

— Han han, fit Nane, tout occupée à ses pinces.

— Un coup de tête. Enfin, ça faisait longtemps que j'y pensais, mais j'y pensais sans y penser.

— Han han. Tiens, passe-moi le marteau, veux-tu ?

— Et puis ça faisait si longtemps que je ne t'avais pas vue...

— Écoute, t'as pas fait un mauvais choix. Ici, y a rien de tel pour refaire sa vie, parce que, je vais te dire, tu peux pas aller bien loin.

— C'est vrai, mais je n'ai pas du tout décidé de refaire ma vie. Ma vie est à Erquy, je n'ai pas quitté Mar...

BAAAAMMM ! Nane tapa un grand coup de marteau sur la table et les pattes d'araignée volèrent en éclats.

— Bon, combien de temps tu vas rester ici ?

— Une semaine, quinze jours peut-être s'il fait beau. J'ai pris une chambre à l'hôtel Atlantic, c'est très coquet.

— Mais dis, qu'est-ce qu'il t'a fait, Le Gall, pour que tu t'en ailles comme ça ?

— Oh, rien. Rien du tout, je t'assure, c'est moi..., fit Jacqueline en ramassant distraitement les petits bouts de carapace arrivés jusqu'à elle.

— Moi, je sais ce que c'est les « rien, rien », s'écria Arminda. C'est bien pour ça que j'ai quitté le mien. Les « rien, rien », ils ont fini par faire un sacré paquet et par me pourrir l'existence. C'est bien simple, on ne supportait plus d'être dans la même pièce. Et pourtant, Dieu sait que j'ai essayé, avec le petit et tout... Au moins, vous, vos enfants ils doivent être grands...

— On n'a pas d'enfants. Mais je vous assure, je n'ai pas quitté mon mari, dit Jacqueline, qui commençait à prendre la mouche.

— Tu vois, ma belle, t'es pas la première, fit Nane à sa cousine en pointant le menton vers Arminda. Y a une tripotée d'éclopés qui sont passés par ici pour se refaire une santé, ça, je te le promets. Éclopés du cœur, des pattes, du moral, de tout ce que tu veux. Tous ceux qui viennent ici, ils ont un pet de travers. J'ai jamais compris pourquoi ils venaient chez moi, l'air du large peut-être... Enfin écoute, c'est le même menu pour tout le monde ici : tu prends le bungalow au bout du jardin, y a un lit avec un coin douche, c'est pas le luxe, mais il est à toi si tu le veux. J'ai pas besoin de loyer...

— Oh, Nane...

— Arrête donc tes salades, tu me paies rien du tout, on s'arrange comme ça. Par contre, j'ai toute une colonie de petits-enfants et arrière-petits-enfants qui débarquent la deuxième quinzaine d'août...

— Penses-tu, je ne resterai jamais aussi longtemps...

— On verra ça. Deuzio, le coup de se peinturlurer la goule comme un jour de guinguette pour aller draguer les jeunots sur la plage, niet, je suis pas Pinder. Les fricassées de museau...

— Oh, grand Dieu, non ! fit Jacqueline en rougissant.

— C'est pas que je sois prude, mais j'ai une voisine aux renseignements généraux, si tu vois ce que je veux dire. Bon, et pour finir, pour la tambouille, c'est Arminda et moi, c'est notre rayon. Moi je suis pas difficile ; les gens qui ont de la fourchette, ils sont les bienvenus à ma table. Les appétits d'oiseau, qu'ils aillent pique-niquer avec les mouettes. Après, c'est toi qui vois. Au fait, ajouta-t-elle en se tournant vers Arminda, ils en avaient des graines de coriandre, à la supérette ?

Jacqueline fut reconnaissante à Nane de changer de sujet. Elle aurait voulu se cacher dans un trou, loin de cette cuisine où les araignées montraient leurs ventres rouges. Elle posa son regard sur les grandes mains grises de Nane, cabossées et collantes de cette chair qui sentait la mer. Puis sur celles d'Arminda, jeunes, rouges, écorchées à force de couteaux et d'enfants sans doute, et finies par des ongles rongés. Enfin elle baissa les yeux et vit ses mains à elle, vieilles, douces et roses, au parfum de fleur d'oranger, ornées de petites pierres anciennes et précieuses. Et, dans leurs rides, dans ces sillons minuscules, elle vit la vie qu'elle venait de laisser, là-bas, sur les chemins de fer du continent. Elle replia alors ses doigts sur la vieille toile cirée. Elle n'aimait pas cette façon qu'elles avaient, ces deux femmes, d'insister : elle n'avait pas quitté son mari. C'était bien la preuve qu'elle n'avait plus rien en commun avec sa cousine : Nane aurait dû savoir que Jacqueline n'était pas ce genre de femme. Et pourtant, pensa-t-elle, que faisait-elle dans cette cuisine quand tout l'appelait chez elle, à Erquy ? Elle s'était trompée, cette visite était ridicule. Elle devait rentrer sur-le-champ.

Afin de trouver le courage nécessaire pour dire non à Nane, elle laissa traîner ses yeux vers la porte du couloir, et ils s'arrêtèrent sur une photo accrochée au mur. Une photo de mariage, de gens qui n'étaient ni Nane ni Jacqueline. 1953. Un marié, une mariée. Des anonymes. Et pourtant elle revoyait son passé ici, et soudain il vint envelopper la cuisine. Que faisait cette photo dans ce couloir sombre ? Et combien de temps la regarda-t-elle ?

— C'est gentil, Nane, murmura-t-elle enfin, mais... es-tu bien sûre que je ne vais pas déranger ?

Nane avait surpris son intérêt pour la photo, et un sourire en coin naquit du côté droit de son visage. Jacqueline ne le remarqua pas. Mais Arminda, si.

5

— Est-ce que je t'ai déjà raconté comment j'ai perdu mon froc ? demanda Paul, assis dans la salle à manger sombre de Marcel, qui se tenait devant la fenêtre, les mains ballantes. Si je te l'ai pas racontée, celle-là, reprit-il avec une jovialité forcée, il faut que je te la raconte. Des histoires comme ça, t'en entendras pas tous les quatre matins, je te le garantis. Hein, vieux ?

Mais Marcel n'écoutait pas. Il regardait Calcias jouer avec le mauvais temps.

La pluie avait trouvé sa vitesse de croisière depuis une heure déjà, mais les violentes bourrasques ne cessaient pas leurs assauts. Calcias, le vent du nord-est, semblait avoir divisé le monde en deux : immobiles, les choses lourdes – les pylônes, les maisons basses, les engins, les routes –, comme prises dans un étau dégoulinant. Folles et rebelles, les choses légères, ces milliers de petits riens éphémères, les feuilles des arbres, les herbes du bord de la route, un tapis oublié sur un fil, les cheveux de la voisine qui ouvrait une fenêtre pour attacher un volet fou. Pas un homme heureux au milieu de ces choses, et, dans la maison d'Erquy, un silence terrible. Jacqueline était partie.

— Deux cents fois, répondit enfin Marcel.

Paul suivait des yeux son ami, qui retourna s'asseoir devant son café froid. Le bruit de la chaise qui racle les tomettes.

— Deux cents fois, tu me l'as racontée, ton histoire.

Paul aurait aimé pouvoir lui dire de ne pas s'inquiéter, que Jacqueline était partie pour une semaine, qu'un besoin de vacances ça arrive à tout le monde. Mais il y avait comme un goût d'abandon dans le départ de Jacqueline. Dans la façon que Marcel avait de tourner sa cuiller dans sa tasse. Et Paul savait que son ami le sentait aussi.

— Ben je vais te la raconter quand même, tiens, parce que peut-être bien que celle que je t'ai racontée deux cents fois, il y a, comment dire, des choses qui manquent dedans.

Marcel releva la tête et regarda son ami. Paul vit d'un seul coup tous les âges de Marcel en même temps, et ça lui coupa l'élan. Il y en avait eu beaucoup, des âges où il avait été malheureux, peut-être pas beaucoup plus que les autres, mais pas moins non plus, et aujourd'hui c'était comme si la vie lui apportait l'addition.

— Je venais juste d'être ordonné prêtre, reprit Paul. Et j'étais pas peu fier, tu parles, j'avais vingt-trois ans, j'étais le plus jeune de la région. Et puis un beau jour…

— Tu as rencontré ta femme qui a dû attendre des années que l'évêque te décharge de ton ministère… Tout le patelin est au courant, Paul. Et je vois pas ce que ça a à voir avec nos affaires.

— J'ai pas dit que ça avait à voir. Ce que je veux te dire, c'est que tu vas pas te morfondre comme un pauvre malheureux alors que ta femme fait des caprices. Ce que je t'ai pas dit, c'est que la femme pour laquelle j'ai quitté mon sacerdoce, c'était pas Renée.

— Non ?

— Non. C'était une autre. Et effectivement, l'évêque a pris son temps, mais elle avait promis de m'attendre. Et le jour où j'ai été enfin libre de l'aimer, elle s'était carapatée avec un autre.

Marcel regarda Paul, qui avait à son tour baissé les yeux et jouait avec des cristaux de sucre sur la toile cirée.

— Rends-toi compte, poursuivit Paul, j'avais quitté Dieu, j'avais quitté mes ouailles, je ne savais rien faire d'autre que prêtre, et tout ça pour quoi ? Pour me retrouver le cœur brisé et la réputation en miettes. J'aime mieux te dire que j'ai passé un sale moment – et pas une semaine comme là. Non, des mois ! Alors tu vois, à côté, les escapades de Jacqueline, c'est de la roupie de sansonnet. Mais bon. Je sais que sur le coup, quand on les a pas sous le nez, les femmes, c'est pas de la tarte. Et puis toi au moins, tu sais où elle est. L'île d'Yeu, c'est pas loin, en plus. À vol d'oiseau.

Les deux hommes se regardèrent. Puis Marcel baissa les yeux et reporta son attention sur sa tasse froide. Il secoua lentement la tête.

— T'avais vingt-trois ans, Paul. J'en ai soixante-seize.

— Oh, avec ces bêtes-là, le temps ne fait rien à l'affaire. Ça douille autant à vingt-trois qu'à soixante-seize.

Calcias fit battre le volet de la voisine et Marcel sursauta. Il regarda par la fenêtre puis fixa Paul avec des yeux brillants.

— T'avais vingt-trois ans, mon vieux, la vie devant toi pour retomber sur tes pattes. Et moi, combien de temps il me reste pour me remettre de cette saloperie, si elle revient pas, Jacqueline ? Combien d'années il me reste pour me dire que ça valait le coup d'aimer quand même ? Des trucs comme ça, ça devrait pas arriver aux vieux comme nous. Parce qu'il ne nous reste plus beaucoup de temps, à nous autres, pour mourir heureux, voilà pourquoi.

Il s'interrompit puis reprit :

— Enfin bon, y a pas à se mettre la rate au court-bouillon, elle prend juste des vacances.

— C'est exactement ce que je disais.

— Une semaine, c'est vite passé.

— Trop vite passé, même. Tu seras déçu qu'elle revienne aussi vite, si ça se trouve.

Marcel se tut, ainsi que Paul et Calcias – en tout cas, Paul ne l'entendait plus. Il n'entendait plus que l'horloge, le frigidaire qui vrombissait doucement et le silence de cette maison dont il fallait sortir avant qu'elle ne les engloutisse dans sa pénombre. Il se leva et commença à prendre les tasses vides.

— Viens donc déjeuner avec moi, tiens. Renée est encore patraque, elle est partie chez sa fille. Elle m'a laissé un reste de rosbif froid et j'ai une boîte de haricots blancs. T'as du fromage ?

Marcel regarda sa montre, il était onze heures dix. Il se leva avec effort, déploya son dos rouillé tel un géant de pierre. En allant à la cuisine, Paul le vit enlever ses chaussures de ville, se mettre en savates et se diriger vers les escaliers menant à la chambre.

— Tu fais bien de te coucher, cria-t-il depuis le frigo. Avec ce temps de chien, c'est tout ce qu'on a envie de faire, tiens. T'as qu'à venir pour le dîner, je prends deux, trois trucs dans ton réfrigérateur, on va se faire un repas de rois.

Et, comme pour lui-même, il ajouta :

— Tu sais qu'il te reste de la salade de fruits, il faudrait peut-être la finir, non ? Je l'emporte pour le dessert ce soir, allez. Je prends aussi le munster. Ah oui, il faut le manger celui-là...

Puis il explora la cuisine à la recherche d'un sac plastique pour y mettre le bol de salade de fruits. Bientôt, il entendit Marcel redescendre les escaliers. Il ne comprit pas tout de suite ce qui clochait. Son ami était en pantalon de jogging, avec des baskets toutes blanches. Avant que Paul puisse dire quoi que ce soit, il ouvrit la porte de la cuisine sur un déluge hargneux.

— Marcel…, intervint Paul.

— Je vais nager, ça me fera du bien.

— Tu vas pas y aller par ce temps-là ?

— J'y vais tout le temps par ce temps-là.

— Oui, mais aujourd'hui…

— Aujourd'hui y aura personne pour m'emmerder sur la plage, ça sera encore mieux. D'accord pour le dîner. Je viens sur le coup des six heures.

Et Marcel disparut dans le vent et la pluie comme d'autres disparaissent dans le soleil. Paul resta un instant bouche bée dans l'encadrement de cette porte, dégoulinant de froid, avec son bol en verre qui lui gelait les mains, et soudain il regarda le ciel, où on ne voyait rien de rien. Il avait raison, Marcel. On n'avait plus de temps à perdre si on voulait mourir heureux.

Marcel vint pour le dîner, tôt, puis repartit bien vite dans sa maison vide. Le vent s'était calmé et le ciel se dégageait à mesure que le jour diminuait. Paul téléphona à Renée. Ils parlèrent des rendez-vous avec les spécialistes, des résultats, des rééducations, des espoirs de rétablissement. Ils parlèrent aussi de Jacqueline. Puis la nuit arriva avec son cortège de solitudes. Il passa par le salon sombre, devant la télé éteinte, puis alluma le plafonnier dans une petite remise, où il alla chercher une clef et une lampe de poche dormant dans une vieille boîte à biscuits.

Puis il continua à travers la pénombre du couloir et ouvrit la dernière porte donnant sur un escalier qui montait, étroit et bas de plafond. Il alluma la lampe et gravit la vingtaine de marches conduisant directement à une porte sans seuil. Il mit la clef dans la serrure, alluma la lumière, posa la lampe sur une étagère et referma. Dans la pièce, des livres partout, des cartes, des imprimés remplis de chiffres, deux gros ordinateurs un peu vieux et un portable flambant neuf et, au milieu de la pièce, trois télescopes. Paul ouvrit les rideaux, puis une grande baie vitrée. Il s'assit sur son fauteuil de bureau défoncé et le fit pivoter vers ce que regardaient les télescopes. À l'heure où d'autres prennent un livre sur une table de chevet, Paul Charon ouvrait le ciel de juillet.

6

Le lendemain de la visite chez Nane, dans sa chambre de l'hôtel Atlantic, Jacqueline était levée avant six heures. Elle avait mal à la tête. Les cris des oiseaux et des pêcheurs, toute l'activité du port au lever du soleil avaient eu raison de son mauvais sommeil. À six heures et demie, elle était habillée et maquillée, avec son chemisier en soie saumon en place dans son pantalon de lin marron, la fine ceinture en cuir, les perles sur ses poignets trop minces et un rouge à lèvres rosé. Ses valises étaient faites. Nane devait passer la chercher en voiture à neuf heures. Que faire ? S'occuper à tout prix et ne pas penser à la photo des mariés !

Soudain, elle sourit. Elle sortit d'un de ses sacs de voyage du papier à lettres et un stylo doré et s'installa à la petite table sous la fenêtre donnant sur le port.

Était-ce bien vrai ? Pour la première fois depuis trente ans, elle pouvait écrire cette lettre sans avoir peur que Marcel ne la surprenne en flagrant délit de correspondance. Sans avoir à cacher les enveloppes reçues avec leurs timbres exotiques. Il y avait eu quelques centaines de courriers au cours des trente dernières années et, pourtant, c'était la première fois qu'elle en écrivait un au grand jour. Au Bénin.

Chère Perpétue, commença-t-elle de sa belle écriture penchée.

Puis elle s'arrêta. Allait-elle raconter ce moment où elle avait annoncé à Marcel qu'elle allait passer la semaine à l'île d'Yeu, chez cette cousine qu'il croyait morte ? Allait-elle dire les gestes presque timides de ce mari d'habitude autoritaire devant sa détermination inattendue ? Son regard qui n'osait pas se poser sur les valises faites à la hâte et le silence dans la voiture sur le chemin de la gare ? Allait-elle écrire à Perpétue qu'elle avait eu le cœur serré malgré elle, lorsque le train était parti, laissant derrière lui la main de Marcel retombée si vite ? Non, à quoi bon l'écrire ? Elle serait de retour bientôt, ces au revoir maladroits seraient vite oubliés... En revanche, elle pouvait parler de ses retrouvailles avec Nane, et, surtout, du dîner de la veille.

Jacqueline n'avait rien pu avaler. Ce fut un superbe repas pourtant, entièrement composé par Nane et Arminda. Elles avaient reçu sur la terrasse. Deux autres convives les avaient rejointes – des gens de Paris, importants. Ils avaient ri aux interjections de Nane, à chaque fois. Arminda avait peu parlé, mais elle avait semblé à l'aise. Jacqueline n'avait pas prononcé un mot de la soirée. Heureusement, Nane avait parlé à sa place. Nane. Jacqueline n'avait cessé de l'observer et, ce matin, elle espérait que cela ne s'était pas trop vu.

Elle avait dû parler de Nane à Perpétue, mais il y avait longtemps. De plus longues présentations s'imposaient. Nane avait été jadis comme une sœur : la famille de Jacqueline l'avait accueillie à quatorze ans, à la mort de ses parents, pendant la guerre. Le père de Nane était le frère de son père à elle. Elles avaient pratiquement grandi ensemble. Et, pourtant, elle avait du mal à la reconnaître à présent. Pendant le dîner, Jacqueline avait détaillé en douce le visage de Nane : il avait vieilli, certes. Trop de lipides et de sucres dans l'alimentation, c'était évident ; peut-être aussi un penchant pour l'alcool : elle avait vu que Nane descendait ses verres comme un homme. Mais Jacqueline avait surtout remarqué que la partie droite du visage de Nane semblait légèrement figée. De ce côté, sa bouche paraissait plus anxieuse, son œil plus sombre. Une des voisines de Jacqueline à Erquy avait souffert d'un zona et une moitié de sa face était restée totalement paralysée, la déformant tout à fait. Mais, dans le cas de Nane, c'était beaucoup plus subtil – Jacqueline l'avait même peut-être simplement imaginé.

Il n'y avait pas que ça. Ses épais cheveux noirs, il n'en restait plus un. Pourtant, Jacqueline se souvenait comme elle aimait peigner, tresser, boucler la chevelure de sa cousine. Parfois elle lui coupait aussi les cheveux. Nane avait toujours apprécié ces moments d'intimité. Plus trace non plus de son goût pour l'habit. La veille, elle avait reçu dans un autre tee-shirt tout aussi délavé, un vieux cardigan de laine et des sandales Décathlon dévoilant des orteils que Jacqueline, qui prenait grand soin de ses pieds, n'avait pas supporté de regarder. La voix aussi avait changé, moins orgueilleuse, moins onctueuse – et cet esprit riche et insoumis s'était mué en une gouaille dont la fréquente grossièreté ne manquait jamais d'agresser sa cousine.

Pourtant, Jacqueline la reconnaissait, malgré tout, au fond d'elle. Si Nane avait l'air d'une étrangère après cinquante-six ans, elle faisait naître chez Jacqueline un sentiment familier dont elle essayait de se défaire : l'admiration. Cette même admiration qu'elle avait toujours eue pour Nane et que l'adolescence avait enrichie, cette tendre jalousie pour cette cousine si remarquable et excentrique – ces sentiments naïfs qu'elle avait laissés au château de Montrie –, Jacqueline les avait retrouvées intactes à la villa Jolie-Fleur.

Elle termina sa lettre et la glissa dans une enveloppe. Elle écrivit l'adresse, qu'elle connaissait par cœur. Il y avait encore du temps avant l'arrivée de Nane. Elle repassa dans la salle de bains, rectifia son rouge à lèvres, vérifia sa valise, alluma la télévision pour l'éteindre aussitôt. Elle feuilleta une brochure sur l'île d'Yeu, le programme télé. Le temps passa. Enfin, elle ouvrit la fenêtre. Le port grouillait déjà d'une activité digne d'une métropole. Jacqueline respira un grand coup pour tenter de dénouer son estomac et rassurer son cœur anxieux. Afin d'oublier ce qui allait venir, elle essaya de se perdre dans les couleurs qui rutilaient sous le soleil de juin. Les nuages blancs, l'azur où passe toujours quelques mouettes. La rouille des voitures, les processions de vélos colorés avec les enfants à l'arrière. Les casquettes bleu marine des vieux pêcheurs en mobylette. Parfois, un mât derrière le petit phare vert. La mer bleu-vert, les bateaux blanc-vert et leurs drapeaux jaunes. Le double cœur vendéen en rouge et blanc. Et cette lumière insensée et pure qui fait croire à du bonheur partout.

Jacqueline était concentrée sur les hommes en grandes bottes jaunes qui vendaient leur poisson aux dames quand elle entendit un klaxon. En bas de l'hôtel, d'une épave qui avait été une Renault 5, elle vit sortir Nane. Jacqueline sentit son ventre se nouer. Le moment était venu. Ses mains froides et moites fermèrent la fenêtre et saisirent ses valises, son sac à main, son cardigan. Elle regarda une dernière fois derrière elle.

N'avait-elle rien oublié ? Si, de penser à son mari.

Elle quitta la chambre sans jamais avoir remarqué la Noctuelle aux ailes brunâtres qui faisait semblant de dormir derrière le rideau.

7

Les potins rapportés par la Noctuelle de l'hôtel Atlantic avaient fait leur effet chez nous, les papillons. Les habitués ailés du buddleia, l'arbre aux grappes violettes, bourdonnaient d'impatience à l'idée de voir s'installer parmi nous l'énigmatique Jacqueline. Nous avions aussi des nouvelles de Zéphyr. Comme à son habitude, il passait par l'arbre à papillons en riant et se vantait d'en avoir surpris une bien bonne à Erquy. Il se fit prier, bien entendu, mais au bout de quelques minutes il commença son histoire.

C'était quelques jours auparavant, dans la maison de Marcel.

Le vieil homme avait vérifié par la fenêtre de la cuisine que personne ne le regardait : dehors, tout était gris. Il s'était levé quand même pour tirer les rideaux puis était allé verrouiller la porte d'entrée.

Ensuite il était revenu vers la salle à manger et avait agrippé l'armoire. Il avait réussi à déplacer le meuble bringuebalant d'un bon demi-mètre pour sortir de derrière une grosse boîte à chaussures. Il s'était assis à la table de la salle à manger et y avait étalé les papiers que contenait la boîte. Il y avait des cartes, des photos, des manuscrits avec des chiffres, des brochures, des coupures de journaux, certaines avaient déjà jauni. Quel soulagement de pouvoir les organiser au grand jour, sans se soucier de voir débarquer Jacqueline d'une minute à l'autre ! Elle ne pouvait pas comprendre, Jacqueline. Elle le croyait au seuil de la mort, un pied dans la tombe. Elle ne pouvait pas savoir que ça faisait quarante ans qu'il comptait descendre la Loire à la nage. Toute la Loire. Il avait toutes les informations en main, il suffisait de se jeter à l'eau. Mais Marcel était convaincu que ces grands moments-là devaient se présenter d'eux-mêmes, avec fanfare et trompettes. Et, en l'occurrence, même si cela faisait quatre décennies qu'il l'attendait, le moment ne s'était pas encore présenté. On dirait que, plus les hommes sont immobiles aujourd'hui, plus ils croient qu'ils avanceront demain. Mais qu'est-ce que j'en sais de ces éternels demains, moi qui dois vivre si peu de temps ?

Toujours est-il que Marcel était penché sur ses cartes depuis une bonne demi-heure quand il sursauta : on venait de frapper à la porte. Il rangea en hâte les documents dans la boîte, cria qu'il arrivait, fourra le carton sous l'armoire, mais le meuble résista et le déchira. Il poussa les documents dans l'ombre de l'armoire et repoussa le meuble contre le mur. Était-ce Jacqueline qui rentrait déjà ? N'avait-elle pas son trousseau ? Il se rappela qu'il avait fermé la porte à double tour et laissé la clef dans la serrure. Il se recoiffa, respira un grand coup et ouvrit la porte. C'était le facteur.

Le gars fut surpris de voir Marcel. C'était Mme Le Gall qui répondait au téléphone, ouvrait aux visiteurs et réceptionnait le courrier. Le facteur balbutia qu'il avait une lettre pour son épouse, qu'il avait vu passer une demande de redirection du courrier mais qu'il n'était pas sûr et que ça l'étonnait parce que M. Le Gall ne faisait pas partie des comptes à faire suivre, bref, après une explication à laquelle Marcel ne comprit rien et une fois le facteur parti, M. Le Gall se retrouva seul avec dans les mains une enveloppe pour sa femme. Sauf qu'il n'était pas écrit Mme Le Gall, mais Jacqueline Darginay de Boislahire.

Dieu que le nom de jeune fille de son épouse lui était désagréable ! Une fois, Marcel avait fait une recherche sur Internet, chez Paul. Il avait trouvé deux cents pages de l'histoire glorieuse de cette grande famille française, leurs armes, leurs domaines et tant d'arbres, tant d'arbres... Une généalogie parfaite et compliquée s'était dépliée en branches superbes croulant sous les titres et les dates lointaines. Google parlait de ces Darginay, chevaliers de Boislahire, qui accrochaient aux doigts de leurs filles d'autres branches aux parfums de livres d'histoire. Et Wikipédia reprenait, entre autres exploits antiques, l'anecdote triste et glorieuse de Léonie et François Darginay de Boislahire, l'oncle et la tante de Jacqueline, héros de la Résistance, tombés pour la France dans la fleur de l'âge, quelques jours avant le Débarquement. Mais dans tous ces schémas généalogiques et biographies où figurait Jacqueline Héloïse Léonarde DARGINAY de BOISLAHIRE, 1936-, aucune mention d'un certain Marcel LE GALL, époux de. Nulle part.

Marcel avait refermé la porte. Il était debout au milieu de son entrée avec la lettre dans les mains. Devait-il attendre que Jacqueline revienne pour la lui donner ? Ou ferait-il mieux de l'ouvrir, au cas où... ? Point d'expéditeur au dos de l'enveloppe. Que faire ? La vue de ce pli avec ce nom d'antan fit naître des ressentiments périmés. Le souvenir de leur mariage dans une église vide de Touraine, résonnant du sermon creux d'un prêtre léthargique. Personne n'avait été convié, c'était une des conditions de l'alliance. Pas de fleurs, pas de klaxons, pas de pluie de riz. Juste les mariés, l'Éternel, leurs parents et les témoins de rigueur, dont Marcel avait oublié les noms. Jacqueline en dentelles blanches, jeune, jolie, absente. Le père Le Gall, bombant le torse, la fierté enflée par cette union inespérée, souriait face aux visages impatients des Darginay. Et la mère, à qui on avait assuré que ce jour-là son Marcel avançait dans le monde, portait le deuil des belles noces qu'elle avait imaginées pour son unique fils. Quelle tare sa belle-fille cachait-elle en son sein pour que ses parents aient consenti au mariage sans toutefois supporter qu'on le célèbre ? Marcel ne le sut jamais, et les années passèrent. Il savait une chose en revanche : il n'avait jamais fait partie de la famille de sa femme.

C'est à ce moment-là qu'il vit que le timbre, qu'il avait pris pour un timbre de collection, provenait… du Bénin.

Alors il s'assit et ouvrit l'enveloppe.

8

— Au Bénin ???

Dans l'entrée de la villa Jolie-Fleur, Nane regardait sa cousine avec des yeux ronds.

— Je te rembourserai le coût de l'appel, bien entendu, dit Jacqueline, qui se tordait les mains à côté de ses valises.

— Ne fais pas l'andouille. Tiens, va dans mon bureau, tu seras plus tranquille. Au bout du couloir, la porte avec la tapisserie orange.

— Merci, je n'en aurai que pour une minute.

Alors que Jacqueline trottinait en direction du téléphone en cherchant dans son sac à main son carnet d'adresses, Nane repartit vers la cuisine en traînant la patte.

— Qu'est-ce qui se passe ? lui demanda Arminda tout en reniflant ses gamelles et en jetant des oignons coupés dans un fait-tout.

— Ben, je lui demande : « T'as besoin de rien, un verre d'eau, te rafraîchir, je sais pas, moi ? » et elle me sort : « Il faudrait que je téléphone au Bénin. »

Nane vit avec satisfaction qu'Arminda aussi trouvait ça bizarre. Elle alla inspecter les nombreuses clefs qui pendaient du clefier en bois flotté fixé près du frigidaire.

— Tu vas voir qu'avec ses airs de pas y toucher, fit-elle d'un air entendu, on n'est pas au bout de nos surprises. Enfin, moi j' dis ça, j' dis rien.

Elle prit une grosse clef rouillée à laquelle pendait une peluche bien usée mais qui jadis avait été un chien-matelot, avec bottes, caban et chapeau en ciré jaune.

— Je vais ouvrir le bungalow, quand elle aura fini de causer au bout du monde, dis-lui de me rejoindre.

La maisonnette destinée à Jacqueline se trouvait juste à côté de l'arbre aux papillons. Nous étions tout contents de l'avoir comme voisine, surtout les vieux lépidoptères qui avaient vécu l'hiver. Nane était en train d'ouvrir la petite porte en bois bleu sous la tonnelle quand sa cousine la rejoignit, suivie de près par une Piéride du Chou.

D'abord, Jacqueline ne vit rien que l'obscurité et sentit la fraîcheur humide s'accrocher à sa peau. Puis elle distingua les lignes que peignait sur le sol en tomettes le soleil de midi qui se faufilait entre les fentes des volets. Nane ouvrit en grand pour laisser entrer la lumière, qui rayait de vieux draps blancs tachetés recouvrant quelques meubles. En face de la porte, au milieu du mur, se tenait un vieux lit – à côté, une piscine d'enfants qu'on avait laissée se dégonfler. Jacqueline vit la porte de la minuscule salle de bains laissée ouverte, et les insectes morts qui parsemaient le bac de la douche. Le cortège rouge et noir de gendarmes autour de la vieille fenêtre, agglutinés comme s'il avait fait froid. Des daddy-long-legs qui protégeaient leurs innombrables petits dans les coins des murs presque blancs et presque nus.

— Ça a besoin d'un petit coup de balai, annonça Nane en se laissant tomber sur l'unique chaise de la pièce, mais tu vas voir, tu vas être comme un coq en pâte.

C'était tellement petit que Nane put faire faire à Jacqueline le tour du propriétaire en restant assise sur sa chaise, mais cela ne l'empêcha pas de parler beaucoup : des souvenirs, en vrac, d'invités venus ici avant elle. Tous des originaux, se dit Jacqueline, on se demande où elle les trouve. Elle avait saisi un balai et se concentrait sur les toiles d'araignée, secouait le dessus de lit, soulevait les vieux draps.

— Alors comme ça, lui dit enfin Nane, tu as des connaissances au Bénin ? Ben mazette...

— J'avais juste quelque chose d'urgent à régler, bafouilla Jacqueline. Enfin d'urgent... Rien de très important.

Nane attendit des éclaircissements, mais ils ne vinrent pas.

— Dis donc, fit-elle remarquer à sa cousine au bout d'un moment, toi, tu parles pas des masses. Pourtant, quand je te connaissais, tu causais. Ah çà...

— Tu sais, maintenant... Je ne suis pas comme tes amis. Moi, ma vie, elle a été bien ordinaire...

— T'as peut-être eu une vie ordinaire, mais quand même c'est pas toutes les ménagères qui décident de filer à l'anglaise dans les îles, hein. Il faut en avoir gros sur la patate pour dire adieu, veaux, vaches, cochons à nos âges...

Voyant que Jacqueline ne disait toujours rien, elle finit par conclure :

— Enfin, je veux pas me mêler de ce qui me regarde pas. C'est pas que c'est pas le genre de la maison, mais on a le temps.

Malgré les offensives de Nane, le silence s'installa. Quelques mouches tournoyaient près du plafond blanc. Au loin, on entendait le bruit d'une scie, les casseroles d'Arminda, et une porte claqua dans un courant d'air. Jacqueline continuait de ranger, comme si de rien n'était.

— Tiens, fit Nane en essayant de se relever de son siège, toi qui es jeune, est-ce que tu pourrais sortir le fauteuil et la chaise au soleil. Dessus, tu mettras les oreillers et l'édredon, veux-tu ? Et, tant qu'on y est, comme il fait beau, on va aussi sortir les couvertures, elles sont là, en haut de l'armoire.

Nane insista aussi pour sortir les draps. Dans la chaleur blanche du soleil de midi, les deux femmes étalèrent la moitié du contenu de la pièce devant le bungalow. Nane s'était installée sur le fauteuil, et observait sa cousine qui dépliait, tendait et ordonnait les affaires sur le gazon chaud.

— Tous ces vieux draps qu'on garde, dit Nane, comme pour elle. À force, ils moisissent. Les mites, les mouches, les araignées, l'humidité, tout un tas de cochonneries, le temps qui se met dedans et tout est foutu. Les vieilles baraques, elles pourrissent à cause de ce qu'il y a dans les tiroirs, ces vieilleries qu'on garde. Un coup de soleil, de chaleur, et hop, tout ça retrouve sa jeunesse. Regarde comme ça lui fait du bien à ce beau linge… Écoute bien ta vieille cousine, Jacqueline : il faut pas garder les vieilleries à pourrir dans les tiroirs.

Jacqueline aurait pu répondre bien des choses qui lui brûlaient la langue. Que les mariés de 1953, ils auraient mieux fait d'être dans les tiroirs que sur le mur en face de la cuisine. Quel beau monde y avait-il encore, dans les armoires de la villa Jolie-Fleur ? Elle était venue sur l'île en espérant goûter une dernière fois à l'insouciance d'antan et partager avec sa belle Nane les souvenirs du temps d'avant, celui dont on avait le droit de parler. À la place, elle trouvait une cousine éloignée qui s'entêtait à vivre au présent et punaisait sur ses murs les souvenirs qu'on n'avait pas le droit de dire. Toutes ces choses qui pourrissaient la vie, les draps ou la mémoire, il fallait fermer les tiroirs dessus et jeter la clef. Mais elle ne formula rien de tout cela, et se contenta de détourner le regard.

Nane se releva avec peine, la prit par le bras et lui dit :

— Allez, viens, on va voir ce qu'Arminda nous a préparé de bon.

La journée se passa tranquillement à parler de rien. Chacune fit comme si la présence de Jacqueline était la plus naturelle du monde, et les questions qui zizinaient autour de la table ne trouvèrent personne pour être posées. Jacqueline fut présentée à Mathis, le fils d'Arminda, un petit garçon à lunettes vif et affectueux (et entomologue en herbe, nous pouvions le certifier). Du haut de ses six ans, il tenait à merveille son rôle d'homme de la maison. Lui non plus ne posait pas de questions – sa maman lui avait dit que c'était malpoli. Mais, contrairement aux grands, il avait bien du mal à détacher ses yeux de la vieille dame qui déboulait de nulle part avec ses mystères africains.

Le soir arriva. Jacqueline s'excusa, souhaita bonne nuit à tout le monde et put enfin se retirer dans le petit bungalow. Elle ouvrit sa valise et accrocha ses vêtements délicats aux cintres dépareillés qui bringuebalaient au fond de l'armoire. Elle installa sa trousse de toilette, sa lampe de poche, cacha ses bijoux. Puis elle enfila sa chemise de nuit, se couvrit de sa robe de chambre en satin rose et se coucha avec un livre. Le caractère du bungalow s'offrait enfin dans la pénombre : Jacqueline se plongea dans les petites toiles accrochées au mur qui représentaient toutes la mer. Parmi les croûtes, certaines étaient jolies, en tout cas l'ensemble était gai. La vieille dame posa son regard sur la petite reproduction d'un tableau byzantin montée sur panneau de bois, la *Vierge de tendresse*. Au-dessous, une coiffeuse aux pieds sculptés et à la tablette de marbre servait de bureau, assortie d'un vieux fauteuil rouge style Louis XV caché sous un plaid en polaire pour masquer le tissu élimé. Le coin douche et le WC minuscule mais moderne, avec une petite fenêtre sur le rebord de laquelle on avait mis un vase garni d'immortelles et de chatons. Une petite lampe à l'abat-jour bleu bon marché, une vieille raquette de Jokari au mur. Quelques vieux livres de poche sur l'étagère de la table de chevet, et c'était tout. Et, pour Jacqueline, qui avait vécu dans le luxe de maisons où elle n'avait jamais été seule, c'était merveilleux et terrifiant.

Quand la nuit vint, elle ne fut pas étonnée de ne pas trouver le sommeil. Elle n'avait pas vraiment espéré échapper aux insomnies ici, mais ce qu'elle voyait dans les ombres du bungalow, elle ne l'avait pas prévu : les souvenirs qui revenaient chaque soir lui parlaient ici d'une voix plus claire, les silhouettes étaient moins troubles, les sensations plus aiguisées. Comme si Jacqueline s'était rapprochée de ses démons – elle qui pensait s'en être éloignée le temps des vacances.

9

Le lendemain, c'était jour de marché à Port-Joinville. Nane demanda à sa cousine de l'accompagner dans sa R5. Faire les courses, pour Jacqueline, était d'habitude une corvée ; mais, cette fois-ci, elle en apprécia chaque minute. Elle qui se posait tant de questions sur les habitants de la villa Jolie-Fleur n'avait qu'à ouvrir grand les oreilles. À mesure que les paniers en osier se remplissaient, les langues des commerçants se déliaient. Des voisines rencontrées dans les allées du marché finirent de combler les trous de l'histoire.

Une visite à la boucherie pour les ingrédients du porco Alentejana, une des spécialités d'Arminda (côte de cochon poêlée, relevée de massa de pimentão), lui apprit que la jeune femme n'était pas gitane mais portugaise, et qu'elle avait passé la plus grande partie de sa vie à Challans. L'achat du piri-piri à l'épicerie Thibault révéla qu'elle était entrée chez Nane en tant qu'aide ménagère cinq ans auparavant, d'abord à mi-temps et ensuite à plein temps, lorsque Nane lui avait offert de les loger, elle et son fils Mathis, alors âgé d'un an. La septuagénaire s'était entichée de ce petit bonhomme qu'elle avait vu grandir, et ils vivaient à présent tous les trois à la villa. Nane les considérait comme sa famille (information divulguée au-dessus de trois saucissons). Arminda et Nane avaient en commun un amour du franc-parler (fleur de sel), des portions généreuses (cinq barres de chocolat noir d'Équateur 70 % de cacao) et des séries américaines à la télé, avec une préférence pour *Les Experts* et *Desperate Housewives* (beurre salé breton et sélection de fromages affinés). Arminda était divorcée (pommes de terre), et Mathis prenait le ferry quelques week-ends par an pour aller voir son père à Challans (tomates, oignons), un homme fainéant, menteur et qui en gros ne valait pas tripette (coriandre, courgettes, piment vert, asperges, cacao Van Houten, vanille de Tahiti, essuie-tout, sacs poubelle et deux cents euros au distributeur). Nane avait la villa de la rue de la Forgé depuis plus de trente ans (fraises). C'était Aleksander qui l'avait construite (framboises), même s'il n'avait pas pu en profiter, le pauvre, il était mort l'été suivant (citrons jaunes, citrons verts). Nane ne s'était jamais remariée, et elle avait été bien tranquille comme ça (une bouteille de martini blanc et deux de sancerre blanc). Elle avait trois enfants, deux filles et un garçon, sept petits-enfants et trois arrière-petits (trois tee-shirts, des sandales et quatre bermudas taille dix ans). Elle ne sculptait plus depuis longtemps (une brioche vendéenne et trois croquises), mais avait toujours son atelier, où elle n'osait pas mettre le pied tant c'était un capharnaüm (le ticket pour le parking).

Après que Jacqueline fut passée à la poste pour envoyer une enveloppe en papier kraft au Bénin (ce qui ne manqua pas d'intriguer Nane), les deux femmes se dirigèrent vers la Poissonnerie du Port.

— Messieurs dames..., fit Nane en entrant.

Jacqueline, derrière elle, le dit aussi. Mais personne ne l'entendit.

— Madame Verbowitz, comment ça va aujourd'hui ? lança le poissonnier, un garçon de quarante ans à peine, au visage fin mais dont le teint rougeaud et les mains écarlates parlaient de glace et d'aubes froides. Alors, qu'est-ce qui vous ferait plaisir ?

— Bonjour, Bruno, dites, vous auriez de la dorade rose ? Il m'en faudrait un kilo et demi.

— J'en ai de la belle, regardez-moi ça, vous allez pas me dire qu'elle est pas belle, hein, regardez ?

— Ma cousine est arrivée, alors je me suis dit qu'on pourrait faire un carpaccio.

— Ah, fit Bruno, c'est bon, mon ex-femme elle en faisait. Y a pas grand-chose que je regrette de mon mariage, mais le carpaccio de dorade rose, avec les herbes, là... Alors c'est votre cousine ? ajouta-t-il en lançant un regard pétillant à Jacqueline. En vacances ?

— Oui, oui, fit-elle. Je trouve l'île très jolie.

— Y a un kilo six cent cinquante, on laisse comme ça ? Je vous mets deux citrons verts avec. Ça va bien avec le carpaccio. Oui, l'île, elle est belle. Ah, elle était encore plus belle avant, mais bon. Il vous faudra autre chose ?

— Des filets de saint-pierre, pour quatre. Non, attendez voir, je dis des âneries. Combien qu'on sera demain soir... cinq ? Oh, mettez-en pour six, ça fera l'affaire.

— Ça nous fera quarante-trois euros et douze centimes, madame Verbowitz, s'il vous plaît, fit la dame à la caisse de la poissonnerie, une mamie de l'âge de Nane.

— Et Arminda, comment que ça va ? fit Bruno en essayant d'être naturel. Ça fait un bail qu'elle est pas venue...

— Oh, Arminda, vous savez, elle va toujours bien. Depuis cinq ans qu'elle est chez moi, elle a jamais été malade. Pas une fois ! Mais je vais vous dire, heureusement, parce que je me demande ce que je ferais sans elle. Je serais foutue !

— Ça doit pas être facile tous les jours, hein, de s'occuper de Mathis toute seule..., dit Bruno. Dites, il faudra lui dire, à Arminda, de passer dire bonjour, hein ? Vous lui direz ?

— Oui, hein, vous lui direz de venir à Arminda, pour voir Bruno, fit la dame à la caisse, avec un clin d'œil.

— Oui, je lui transmettrai. Messieurs dames...

Nane sortit, mais elle s'était assombrie, et cela n'avait pas échappé à sa cousine.

Les paniers et chariots pleins de choses que Jacqueline ne s'autoriserait jamais à manger, les deux vieilles femmes rentrèrent à la villa. Jacqueline vit Nane agiter la main pour adresser un bonjour à la voisine, Mme Tricot, une grande dame mince au visage long et sec, portant un vieux pull d'homme, un pantalon trop court, un tablier et des socquettes dans des claquettes Scholl. Elle avait souri et n'avait pas l'air si méchante que ça, même si Jacqueline sentit son regard posé sur elle jusqu'à ce qu'elles entrent dans la maison. Et, même une fois entrées, Jacqueline aurait juré avoir vu son long cou s'étirer pour voir à l'intérieur. Mais elle comprenait cette femme : Jacqueline, elle aussi, aurait aimé jeter un regard dans la tête de Nane pour voir ce qu'il y avait à l'intérieur.

10

Je le voyais bien, Jacqueline essayait de s'adapter, tant bien que mal, aux habitudes de la villa Jolie-Fleur. Elle passa les premiers jours dans la fraîcheur du bungalow à lire des romans de littérature américaine, à ne pas penser à son mariage et à redouter l'heure de passer à table.

Plusieurs fois, elle fut tentée de rentrer à Erquy. Elle avait cru que la proximité de Nane ferait s'envoler toutes les angoisses, toutes les insomnies, l'âge, Marcel, les vertiges réels ou imaginés, le secret qui l'avait suivie sur l'île, et cette ombre froide qui planait sur les verbes conjugués au futur. Mais, au contraire, ici, tout était plus net.

Elle essayait de ne pas ressasser cette idée, idiote, que le destin l'avait poussée jusqu'à l'île. Pourtant, si c'était vrai, c'était une raison pour partir de suite ; le destin n'avait jamais fait grand-chose de bien pour elle. Et que faire de plus à Erquy ? Marcel devait en profiter pour vivre sa vie lui aussi, nager par tous les temps, manger n'importe quoi, regarder la télé tard, se détruire la santé avec toutes ces choses déraisonnables qu'il aimait faire. Il serait sûrement déçu qu'elle rentre si vite. Et puis il y avait les photos, ici. Et les tiroirs.

Nane avait l'air de s'en fiche, des mystères et des silences de Jacqueline. En revanche, il y avait quelqu'un à qui rien n'échappait : c'était Arminda.

Depuis qu'elle était arrivée, quelques jours plus tôt, la vieille dame avait pris soin de croiser Arminda le moins possible, tout en restant courtoise et serviable. La Portugaise à la mèche rouge restait une étrangère pour Jacqueline, elle qui, au moins, malgré ses cinquante-six années d'absence, faisait partie de la famille. Elle considérait Arminda non comme une usurpatrice mais comme une présence forcément temporaire. Or Arminda envisageait Jacqueline exactement de la même manière.

Ce que Jacqueline ignorait, c'était que le regard méfiant des vieilles dames, Arminda en avait fait son affaire. À trente-cinq ans, elle avait presque dix-sept ans d'expérience en tant qu'aide ménagère aux personnes âgées, sans compter son enfance d'immigrée : les regards méfiants, elle était tombée dedans quand elle était toute petite. À ce jeu-là, ce ne serait pas la cousine maigrichonne qui gagnerait.

Un matin, Jacqueline arriva dans la cuisine, son carnet d'adresses et un petit classeur serrés contre sa poitrine. Nane préparait une pâte à tarte tandis qu'Arminda, le dos tourné, nettoyait des moules dans l'évier. Jacqueline se racla la gorge et demanda tout bas à sa cousine si elle pouvait utiliser son bureau pour régler des problèmes administratifs.

— Ma fille, fais, fais, dit Nane. Tu sais qu'on a un ordinateur, tu veux qu'Arminda te montre comment marche Internet ?

— Je ne veux pas déranger…

— Y a pas de risque que tu déranges, il est déjà suffisamment dérangé, ce bureau. Y en a partout – y en a déjà la moitié qui a été mise dans l'atelier, mais je sais pas comment ça se fait, ça déborde de partout. Enfin, Arminda va te montrer, elle a presque fini avec ses moules. Tiens, en attendant, assieds-toi donc, tu paieras pas plus cher.

Jacqueline s'assit sur le bord de sa chaise et attendit, regardant Nane fouetter sa pâte et Arminda tourner le dos à tout le monde.

— Tu les as prises où les moules, Arminda ? demanda soudain Nane.

— Ben, à la poissonnerie, comme d'habitude.

— Celle qui est sous l'hôtel ?

— Oui, celle où on va tout le temps.

— T'as vu Bruno, alors ?

— Bruno ? fit Arminda sans s'arrêter de gratter les coquilles.

— Oui, le jeune, là, un grand... Enfin, y en a pas trente-six des jeunes dans cette poissonnerie. Cheveux courts, sourcils épais, toujours à dire des âneries...

— Ah oui, je me souvenais plus qu'il s'appelait Bruno, tiens.

— Ah ben lui, par contre, il se souvient de ton nom. À chaque fois que j'y vais, il demande de tes nouvelles.

— Hmm, fit Arminda.

Jacqueline remarqua que, depuis le début de la conversation, elle nettoyait toujours la même moule, qui, depuis le temps, devait être très propre.

— T'as pas vu qu'il te faisait de l'œil ? Tu dois être miro, fit Nane en lui jetant des regards en coin.

— Meuh non ! Et puis, il peut bien me draguer, hein, ça coûte rien d'essayer, mais moi, tiens, il peut toujours courir. Ah çà… Bon, fit-elle en se séchant les mains sur le torchon, je ferai le reste après. Jacqueline, je suis à vous.

Arminda se dirigea rapidement vers le bureau, et Nane la suivit d'un regard suspicieux.

— Alors, Jacqueline, vous venez ?

Et cette dernière trottina jusqu'au bout du couloir.

Jacqueline, qui savait se servir d'Internet, n'eut aucun mal à comprendre le fonctionnement de l'ordinateur, si bien qu'Arminda put vite retourner à ses moules. Un quart d'heure plus tard, la vieille dame avait fini. Mais il faisait bon et frais, dans ce petit bureau, alors, au lieu de retourner dans le soleil de la terrasse ou les odeurs de la cuisine, elle cala son dos sur la chaise de bureau et laissa le temps couler.

Pour quiconque est enclin à rêvasser, le bureau de Nane offrait un décor idéal. La petite fenêtre donnait sur un bout du jardin, derrière, dans lequel on n'allait plus. La vitre n'avait pas été lavée depuis longtemps, mais cela ne faisait rien car le store était toujours tiré. C'était d'ailleurs par là que Mathis l'épiait parfois, mais ça, nous étions les seuls à le savoir.

Ici, tout parlait de Nane, et ça faisait une sacrée conversation, car il y en avait partout. Les bibelots étaient moches. Pas bizarres et intéressants comme dans le reste de la maison, juste moches – et sûrement gardiens d'histoires très belles. Jacqueline avait mis du temps pour comprendre que la villa n'était pas remplie de choses, mais d'œuvres d'art : peintures, dessins, sculptures, meubles, photos. Elle avait appris peu à peu que tout avait de la valeur. Même si ces objets semblaient sortis d'une brocante, ils étaient rares. Mais, dans le bureau, c'était un fouillis. Par exemple, il y avait des cartes postales épinglées. Jacqueline aussi en avait des comme ça à Erquy, mais elles paraissaient ordinaires, comme celles qu'on trouve dans toutes les maisons. Celles de Nane en revanche avaient un air exotique. Il y avait aussi une chope à bière ancienne, ce qui rappela à sa cousine les bouteilles de bière qu'elle avait découvertes sous le fourgon Citroën : Nane buvait-elle en cachette ? Quoi qu'il en soit, les objets semblaient ici avoir des choses à dire, et Dieu sait que Jacqueline avait l'oreille pour les écouter.

Elle ne fouillait pas vraiment. Tout était là. Pas de clefs aux tiroirs, tout était offert, ou presque. Il suffisait de prétendre chercher une agrafeuse pour découvrir un bout de la vie d'Aleksander. On voulait un manuel d'utilisation pour l'ordinateur ? À la place on trouvait des amoureux à Amalfi en 1971. Il suffisait de promener ses yeux. Sur l'étagère, on avait exposé la tendresse en pâte à modeler et en dessins de quelques petits-enfants pour leur mémé. Derrière la porte, le calendrier de l'année précédente listait presque autant d'amis en visite que de saints. Sur le coin du bureau, à côté de boîtes d'allumettes venues d'un hôtel lointain, une petite sculpture comme inachevée, un visage en argile et en papier journal, une jeune fille qui dort. Était-elle de Nane ?

Jacqueline oubliait souvent que sa cousine avait été sculpteur, elle qui n'ouvrait jamais son atelier. Soudain, elle eut envie de le voir, l'atelier. Mais, avant qu'elle ait pu mettre en œuvre son projet, son regard tomba sur les tranches effilochées de vieux albums photos.

Le temps d'un coup d'œil à la fenêtre au cas où, et un volume recouvert de tissu rouge s'ouvrait sur les genoux de Jacqueline : 1953. Dire que c'était le premier qui lui était tombé sous la main ne serait pas juste : non, elle l'avait choisi. C'était à l'époque où Nane vivait encore avec elle à Montrie : en d'autres mots, Jacqueline cherchait son propre reflet dans ces pages qui se décollaient. Nane, qui ressemblait à Simone Signoret dans *Dédée d'Anvers*, hormis la chevelure de jais, faisait la belle page après page. Aucune photo de Jacqueline. Nane avait préféré garder des clichés de ces fêtes enfumées où elle allait constamment, de tables de bistrot parisien, ou quelquefois de mariages de la haute société, comme celui qui couvrait deux pages sous les yeux de Jacqueline dont le cœur explosa soudain.

Ses yeux se concentrèrent sur le grain d'une photo : au premier plan, Nane la magnifique au bras d'un de ses prétendants, un athlète bronzé avec costume et cigarette. Ils étaient les invités des mariés du couloir, elle en était sûre. Mais c'était le deuxième plan que Jacqueline examinait : un jeune homme vêtu de noir, tournant le dos à la caméra. Elle ne pouvait distinguer qu'une infime partie de son profil, pourtant elle savait que c'était lui. C'était lui ! Sans aucun doute, cette silhouette, ce port de tête, elle aurait pu les reconnaître entre mille, et, oui, c'était logique qu'il fût là, à ce mariage, ce jour-là. C'était lui. Celui qui hantait ses nuits depuis cinquante-six ans.

Était-elle pleinement consciente quand elle décolla le cliché et le fourra d'une main tremblante dans la poche de son cardigan ? L'album photo retourna sur son étagère, les papiers administratifs furent rassemblés en vitesse, et Jacqueline partit se réfugier dans le bungalow. Sans avoir vu Mathis, dehors, qui jouait avec une coccinelle sous la fenêtre et n'en avait pas perdu une miette.

11

Apéliote, le vent du sud-est, était un rêveur solitaire qui parlait peu. Les histoires qu'il racontait étaient si obscures, si étranges, que finalement personne ne l'écoutait. Il avait même déclaré un jour que le monde était plus vaste encore que ce que les phoenix, les sphinx et autres Monarques pouvaient dire. Il s'était mis à dos tous les lépidoptères, car personne – personne – ne critique le Monarque, qui est au monde des papillons ce qu'Ulysse est au monde des hommes. Alors Apéliote était devenu taciturne. Mais je l'aimais car c'était un poète. Il évoquait des mondes fabuleux et secrets qui contenaient la clef des mystères de la vie. Il faisait allusion à des choses qui se passaient avant notre naissance et après notre mort. Il interpellait l'infiniment grand et l'infiniment petit. Et il était toujours heureux de m'accepter comme auditoire de ses tirades inspirées, à une condition : que jamais je ne pose aucune question.

Un jour, alors qu'il m'entraînait au bout de la départementale menant à Saint-Sauveur, histoire de humer la chaleur de la mi-juillet, il me parla du ciel. Il me confia que même ces myriades d'étoiles que personne ne pouvait compter représentaient une infime partie de ce que cachait la nuit. Le ciel était l'un des sujets favoris d'Apéliote. Alors parfois je l'écoutais distraitement. Mais, soudain, tout mon corps prêta attention à ce qu'il disait car il parlait de Paul, le voisin de Marcel et Jacqueline à Erquy.

Paul, l'ancien prêtre, regardait le ciel, soir après soir, priant pour qu'il soit clair. Paul regardait le ciel à s'en rendre aveugle. Parce qu'il savait qu'au fond de son corps vieillissant se cachaient les supernovæ, ces étoiles géantes encore plus grandes que le soleil. L'explosion d'une supernova envoie de la matière dans l'espace à une vitesse fulgurante. Ce sont ces manifestations qui produisent les univers et certains éléments comme le fer. Or le fer constitue non seulement notre planète, mais aussi les êtres vivants. Les insectes, comme les hommes, possèdent en eux, au fond de leur corps, les restes de ces étoiles mortes.

Cette étoile gigantesque qui avait expiré quand il n'y avait encore aucun homme sur la Terre, il la sentait battre, briller, brûler. Était-ce Dieu ? demandait-il alors aux chiffres de ses logiciels d'astronomie. Était-ce Dieu dans ces millions de points sur ses imprimés ? Était-ce Dieu dans les télescopes du grenier de sa petite maison ? Ou était-ce autre chose ? Dieu, Paul l'avait beaucoup en tête depuis quelque temps. Car Renée avait rechuté.

On n'en parlait pas trop à la maison. Paul avait toujours été aux petits soins avec sa femme. Toujours à son chevet, il l'avait fidèlement soutenue tout au long des traitements qui avaient permis de faire reculer la maladie. Mais ça, c'était avant, quand ils étaient plus jeunes et que le médecin était encore optimiste. À présent, Paul ne savait plus trop que faire, surtout que sa femme se froissait s'il la traitait comme une malade. Alors, à la place, et pour ne fatiguer personne, il regardait le ciel en pensant à Marcel, qu'il avait retrouvé le matin même, dans sa maison sens dessus dessous. Le pauvre vieux, blanc comme un linge, les yeux rouges et la tête dans les mains, se tenait au milieu d'une centaine de lettres d'enfants éparpillées par terre.

Je n'en sus pas davantage car, sans plus de révérence, Apéliote s'en fut vers l'horizon. L'esprit embrouillé d'objets célestes, je rentrai en hâte à la villa.

Mais jamais, après mes visites à Apéliote, je ne manquais de regarder les milliards d'étoiles qui annonçaient le réveil des Nocturnes.

12

L'événement du jour d'après fut indéniablement l'arrivée d'une Belle-Dame qui se présenta devant nous avec la clef d'un grand mystère : le Bénin. La Belle-Dame, une cousine *Nymphalidæ*, tenait l'histoire de Notos, un vent du sud, qui lui-même la tenait d'un papillon de nuit. Ma cousine soigna sa diction et nous fûmes tous, d'un seul coup, transportés dans l'air chaud de paysages grandioses, sur une route poussiéreuse et rouge, comme un ruban au milieu du vert des vallées et du bleu du ciel zébré d'orange.

Il fallait deux heures de mobylette pour rallier, depuis la petite ville de Todavié, Cotonou, la capitale. Virginie, une Béninoise de vingt-cinq ans, ronde, déterminée et un brin garçon manqué, faisait le trajet plusieurs fois par mois et cela ne la dérangeait pas. Elle aimait les paysages qui s'étendaient devant elle et lui promettaient les retrouvailles avec sa fille, Monette. Pourtant, aujourd'hui, sur cette route interminable, elle était nerveuse. Car cette fois elle ne rentrait pas seulement pour voir sa famille : elle devait trouver du travail. Et tandis qu'elle poussait à fond sa petite moto sur la route rouge, elle ne cessait de tourner dans sa tête ce qu'elle allait dire à Perpétue Glele, la directrice de l'école dans laquelle elle voulait obtenir un emploi.

Virginie avait suivi des cours d'arts plastiques à Cotonou. Pour payer ses études, elle avait donné des leçons de dessin et travaillé dans un cybercafé. C'est sa mère qui s'était occupée de Monette, six ans, que Mme Glele connaissait bien puisqu'elle venait de passer l'année scolaire dans son école. Mais sa famille ne pouvait plus s'occuper de la petite. Il fallait que Virginie trouve un travail à Djagballo ou alors elle serait obligée d'emmener Monette à Cotonou.

À l'approche de la petite ville, le trafic s'épaissit de motos et de vieilles voitures colorées pleines à craquer. On était loin du chic à l'occidentale de Cotonou, mais Virginie ressentait face à ce désordre provincial un émerveillement grandissant. Elle dut klaxonner dix fois pour parvenir à se frayer un chemin. Virginie le savait bien : elle voulait rester ici, avec Monette. Enfin, elle arriva devant l'école.

Perpétue Glele, une femme forte d'une cinquantaine d'années avec des sourcils hauts dessinés au crayon et un chemisier qui se finissait en un gros nœud blanc sous son double menton, la reçut dans son bureau. Virginie la remercia, présenta son CV et quelques lettres de références et s'assit sur le bord de la chaise, les mains posées sur les genoux. Elle regardait Perpétue détailler les documents avec une grande attention.

— Vous êtes la maman de Monette, fit Perpétue en levant ses yeux par-dessus la feuille. Monette nous a beaucoup parlé de vous, vous êtes artiste ?

— Non, non, balbutia Virginie, j'ai étudié, mais… on ne peut pas gagner sa vie avec cela… Et puis, surtout, je souhaite m'installer avec Monette. Avant, c'était sa grand-mère qui…

— Oui, je sais. Écoutez, je ne peux pas vous proposer de travailler à l'école.

Virgine sentit son dos se relâcher et son estomac se crisper.

— En revanche, j'ai peut-être un travail ponctuel, à commencer tout de suite, jusqu'à la fin du mois. Ça vous laisserait le temps de trouver autre chose, peut-être. Ça vous intéresse ?

— Oui, oui, fit Virgine, nerveuse. En quoi ça consiste ?

Pour seule réponse, Perpétue se leva avec peine, prit une grande clef rouillée au-dessus d'un casier et demanda à Virginie de la suivre.

Elles traversèrent la cour et, après avoir rejoint un cortège d'une douzaine de petits curieux, elles arrivèrent dans une salle vide. Au milieu de la pièce trônait une grande armoire normande qui n'avait plus de haut et dont un pied avait été remplacé par des briques. Sur sa gauche, des piles de cartons remplis d'enveloppes en kraft ouvertes semblaient l'aider à tenir droite.

— Voici le placard à Jacqueline, fit Perpétue, amusée.

Une douzaine d'enfants piaillaient d'impatience devant l'armoire, et quand l'institutrice en ouvrit les portes de ses mains potelées, elle dut gentiment pousser les petits. L'armoire révéla alors ses trésors : de vieux *Tintin*, des *Boule et Bill*, des *Astérix*, des *Lili*, des *Picsou Magazine*, des *Bécassine*, des *Gaston Lagaffe*, *Le Journal de Spirou*… Soixante-dix ans de bande dessinée faisaient ployer les étagères.

— Ça, c'est juste pour les enfants, dit Perpétue tout en séparant les petits qui déjà se battaient, mais la bibliothèque d'Abobassam en est pleine aussi, de livres qu'elle nous envoie depuis trente ans. De la littérature américaine, principalement. Mais je n'ai rien trié depuis plusieurs années, regardez-moi ces cartons. Et j'en ai d'autres dans mon bureau, ils sont arrivés hier. J'ai besoin de quelqu'un qui fasse le tri, qui référence les titres, les emporte à la bibliothèque.

Perpétue se tourna vers Virginie, qui s'empressa de dire que oui, elle était qualifiée pour la tâche. Mais, surtout, elle qui aimait la lecture, était émerveillée.

— Qui est... Jacqueline ?

— C'est ma marraine ! cria l'un des petits.

— Nan, c'est celle du frère de Billy, rectifia un autre.

— C'est aussi la marraine de notre petite Monette, fit Perpétue.

— Ah, vous voulez dire la marraine de l'association ? dit Virginie. Oui, je savais que quelqu'un envoyait un peu d'argent de France, mais je pensais que...

— ... que c'était bidon, n'est-ce pas ? sourit Perpétue. Non, vous voyez, c'est rare, mais cette femme s'est vraiment investie. Elle parraine dix-sept petits.

— Dix-sept..., souffla Virginie.

— Oui, dix-sept, enfin quand je dis « petits »... Monette est la dernière, mais sa plus grande filleule vient d'être grand-mère. Cela fait trente ans qu'elle nous accompagne.

— Vous l'avez déjà rencontrée ?

— Non, elle n'est jamais venue au Bénin. Mais nous correspondons tous les mois. C'est quelqu'un d'exceptionnel, vous savez... Je me demande souvent, d'ailleurs, si elle sait à quel point elle compte dans la vie des enfants. Bref... acceptez-vous ce travail ?

Virginie répondit que oui et les deux femmes retournèrent dans le bureau de Perpétue, laissant les enfants dévorer les bandes dessinées du placard à Jacqueline. Le lendemain, Virginie était au travail. Elle commença par les ouvrages tout juste reçus, qui formaient une pile sur le bureau de la directrice. Au sommet de la pile, sous un des livres, elle trouva un e-mail imprimé et signé Jacqueline Darginay de Boislahire. Virginie ne put s'empêcher de lire le message venu de cette femme qu'on admirait tant.

J'ai reçu des nouvelles de Yewande et de son petit-fils ; elle m'a gentiment envoyé une photo. Quel adorable petit bonhomme ! J'ai également su qu'Armand avait décroché sa maîtrise, cela m'a rendue très fière. En revanche, je n'ai plus de nouvelles de Marius depuis qu'il a été embauché au garage Djossou. Savez-vous s'il a demandé son amie en mariage ? Et Bernadette, Oscar, Adja et Yoannie, ont-ils fait un bon trimestre ? Je pense tellement souvent à eux !

Je vous laisse l'adresse de ma cousine :

Jacqueline Darginay de Boislahire
c/o Nane Verbowitz
Rue de la Forge
85350 L'Île-d'Yeu

Virginie plissa les yeux et relut le papier plusieurs fois. Nane Verbowitz. Un nom original.

Une semaine plus tard, après maintes réflexions nocturnes et sans en parler à qui que ce soit, Virginie commençait une longue lettre à Jacqueline.

13

À la fin de l'après-midi, dans notre arbre de l'île d'Yeu, nous nous émerveillions de ces histoires lointaines et tout le monde y allait de son refrain lorsque le sombre Sciron du nord-ouest nous intima le silence. Puis de sa grande voix de vent, il nous dit :

— Cessez donc vos caquetages et demandez plutôt au Grand Paon de Nuit. Lui, il a des choses à vous apprendre, si au moins vous êtes assez lépidoptères pour l'écouter.

Comme un seul homme et sans un bruit sinon celui de nos ailes, nous volâmes donc vers le lierre de l'atelier, où, après quelque effort, nous trouvâmes le *Saturnia pyri* dans la poussière de la verrière. Il était trois fois plus grand que les plus grands d'entre nous, ses effrayants ocelles faisaient taire les questions que nous brûlions de poser. Enfin, après ce qui nous sembla être une éternité, le Grand Paon parla :

— Il se passe des choses dans l'atelier, la nuit.

Aucun autre mot ne fut prononcé. Mais bientôt le lierre tremblait d'un frisson nouveau.

Comme à son habitude, le Grand Paon de Nuit avait été excessivement économe de ses mots. Nous étions donc livrés à nous-mêmes pour imaginer les diableries qui se passaient dans l'atelier. Mais nous avions une petite idée sur la question : les Nocturnes parlaient d'un homme qui rôdait autour de la maison, la nuit.

L'atelier était orienté de telle façon qu'aucune fenêtre de la villa Jolie-Fleur n'avait vue dessus, caché qu'il était derrière le bungalow. Et, comme les volets de Jacqueline étaient constamment fermés, un intrus risquait peu d'être repéré de ce côté-ci. Seulement, pour accéder à l'atelier, il aurait fallu traverser une bonne partie du jardin : une autre paire de manches.

L'homme en question était plutôt grand, portait un blouson noir et surtout laissait dans son sillage un parfum confondant : un mélange de fleurs, de bitume, de mer et de cigarette. Quelques mégots avaient d'ailleurs été retrouvés près de la petite barrière où nous avions vu Jacqueline pour la première fois. Personne ne fumait à la villa Jolie-Fleur. C'était un étranger et j'avais hâte de découvrir ce qu'il pouvait fabriquer dans l'atelier de Nane, ce capharnaüm sans nom où tout prenait la poussière. Que venait-il y chercher ?

Nous attendîmes dans les fissures des murs de l'atelier, où la végétation nous offrait un refuge douillet. Certains ne virent jamais la nuit, endormis sur leur lierre ou trop tôt rendus à la poussière. Les dernières lueurs du crépuscule s'éteignirent enfin et nous étions tous, diurnes comme nocturnes, passablement engourdis, lorsqu'un parfum familier nous fit dérouler nos trompes. Au même moment, le filament du plafonnier s'enflamma et nous découvrîmes avec surprise la source de ces effluves familiers : une robe de chambre rose satin. Notre cambrioleur n'était autre que Jacqueline.

Elle pénétra dans l'atelier. Avait-elle rendez-vous avec l'homme à la cigarette ? Non, de toute évidence elle n'attendait personne. Nous avions manqué les nuits de tâtonnements : Jacqueline connaissait son chemin parmi les meubles sales, les cartons empilés et les tables encombrées. Son cœur avait-il battu aussi fort que lors de notre rencontre, lorsqu'elle avait poussé la première fois la porte de l'atelier ? Nous ne le saurons jamais, mais ce soir son battement était plus serein que ne le laissait supposer le crime.

Car Jacqueline était ici en secret : la pointe de ses pieds, ses gestes qui voulaient le silence, les coups d'œil à la porte et vers la nuit. La nuit bien sûr, tout suggérait que Nane ignorait qu'à l'heure où on la croyait endormie dans son bungalow, sa cousine furetait dans les toiles d'araignée.

Jacqueline se dirigea directement vers un vieux meuble de cuisine en formica blanc, dont les portes étaient à moitié sorties de leurs gonds. Sur les étagères sales étaient entreposées des douzaines de boîtes à chaussures où l'on avait scotché des étiquettes écrites à la main : *New York 1962*, *Construction villa*, *Été 1976*, *Exposition Paris*, etc. Il devait y avoir un millier de photos rien que dans ces boîtes-là. Et il y en avait sûrement d'autres, à en juger par les cartons marqués Photos placés en équilibre au-dessus de la tête de Jacqueline, dans la mezzanine recouverte d'une voile de planche à voile.

Dans le placard en formica, Jacqueline choisit le carton étiqueté Mariage N + A, attrapa une chaise de camping, s'assit et ouvrit la boîte de Pandore.

Les clichés aux bords ciselés parlaient de l'histoire hors champ, celle qui n'avait pas été racontée dans les albums, mais qu'on n'avait pas voulu oublier. Jacqueline avait vu la photo officielle du mariage de Nane et d'Aleksander qui trônait dans le salon. Nane en héroïne noir et blanc, ses cheveux de jais qui bouclaient autour d'un petit voile, sa robe épurée suivant son corps longiligne. Les mariés et leur jeunesse lumineuse posaient, décontractés, sur les marches de l'église.

C'était en 1955. À présent, elle découvrait le reste du mariage auquel sa mère lui avait interdit d'aller. Nane s'était enfuie du château de Montrie à vingt-trois ans, parce que Cécile et Edmond Darginay de Boislahire, ses parents adoptifs, lui avaient ordonné de rompre tout contact avec le romanichel blond et effronté dont elle s'était entichée : Aleksander. Nane avait préféré les courants d'air d'une chambre de bonne de Montmartre à ceux du château familial et avait gagné le mépris éternel de sa tante. Personne ne pouvait retracer la destinée de Nane à part elle-même.

Jacqueline reconnut l'église de Saint-Germain-des-Prés, les cousins et les cousines, la mode de 1955, les bouteilles de jaja dans le coffre des 2 CV enrubannées. Une photo montrait la mariée un peu moins apprêtée, un verre à la main, sur les bords de la Seine. Elle se souvenait à présent : le banquet de mariage était un pique-nique les pieds dans l'eau, à la pointe de l'île de la Cité. Le Pont-Neuf sous le soleil derrière l'orchestre de jazz et les amis qui commençaient à être ivres.

Jacqueline revivait ce jour radieux, les oh, les ah, les rires, le jazz. Qu'elle était belle, Nane, en mariée, qu'elle était heureuse ! Qu'elle était libre aussi ! Quel contraste avec les photos du mariage de Jacqueline, engoncée dans des dentelles antiques, figée dans un jardin impressionniste en trompe-l'œil, déjà fanée parmi les fleurs en plastique. Cliché après cliché, le mariage populaire de Nane Darginay de Boislahire avec son peintre polonais sans le sou se déroulait comme un conte de fées bruyant et joyeux. La nuit venue, les volutes de fumée caressaient les sourires des filles déhanchées et des garçons débraillés. Étaient-ils dans un club de jazz ou sur une terrasse animée ? Jacqueline souriait : elle était à des années-lumière de l'atelier.

Puis, soudain, ses doigts qui avaient entrepris leur exploration avec une impatience fébrile se figèrent sur une image de Nane, toujours dans sa robe de mariée, pieds nus dans la nuit et marchant tout contre Aleksander. Une lumière étrange, bienveillante, colorait la rue parisienne. La tête de Nane était lovée dans le cou d'Aleksander, et il la tenait par les épaules. Leurs regards ne se croisaient pas, mais Jacqueline savait qu'à cet instant ils ne voyaient rien d'autre que leur amour. Peut-être n'avaient-ils même pas vu que, dans le premier jour du reste de leur vie, c'était l'aube qui s'invitait.

L'atelier était comme illuminé de cette aurore heureuse, de ce bonheur incandescent qui brisait le cœur de celle qui ne l'avait jamais connu. Ce privilège de la liberté consommée, de l'amour choisi, de l'amour créé et cueilli, recueilli et partagé, semblait si proche sous les doigts ridés de Jacqueline. À la lumière du plafonnier sale, la vieille dame regarda longtemps Nane, et, enfin, sur cette mariée fatiguée qui avait perdu le rouge de ses lèvres à force de joie, Jacqueline plaça son visage. Les mèches couleur de jais se transformèrent en de longues mèches blondes et un teint diaphane vint éclaircir le papier argentique. Les jazzmen avaient calmé leur entrain et s'essoufflaient sur des airs romantiques, et une aube nouvelle s'ouvrait pour Jacqueline, pieds nus dans les rues de Paris. À son bras, Aleksander disparaissait sous les traits flous de l'homme en noir de la photo décollée. C'était lui, c'était elle, c'étaient ceux qu'ils auraient dû être. Jacqueline sentit son bras contre le sien, l'odeur de son cou qui la submergeait, la brûlure sublime de ses mains sur son épaule.

Alors la dame en robe de chambre rose assise au milieu des meubles morts s'enfuit encore plus loin dans ses illusions délicieuses et laissa jouer le diaporama sur les vitres sales de l'atelier : les paysages de bord de mer, les carrières brillantes, les sidewalks de New York, les bébés joufflus, tout ce bonheur à louer qui se cachait au fond des boîtes, il était à eux deux, car ils n'en avaient jamais eu.

Sous nos mille yeux aveuglés, l'usurpatrice s'enivrait de jazz, de négatifs et de mensonges, et nous savions que le crime était grand ; mais nous comprîmes que ce qui lui avait interdit cette vie-là devait être un crime encore plus grand.

Au petit matin, le téléphone sonna chez les Le Gall. Marcel détestait parler au téléphone, et c'était toujours Jacqueline qui décrochait. Il prit le combiné du bout des doigts. C'était sa femme. Tout allait bien. Mais elle avait décidé de rester encore un peu sur l'île. Une semaine. Ou deux.

14

Ce jour-là, Marcel et Paul décidèrent de noyer la mélancolie dans leur apéro.

Ils étaient assis sur les chaises de bureau dans l'observatoire, à regarder le ciel. Paul avait arrangé quelques jours avant un lit d'appoint pour Marcel. Le repaire encombré et haut perché de Paul apaisait l'âme de Marcel, égratignée par le vide de sa propre maison. Au début des festivités, Marcel était taciturne. Et pour cause : entre les révélations du Bénin et le retour de Jacqueline qui se différait, il y avait de quoi être abattu. Paul sentait que son ami était sur le point de lui confier ses maux de cœur, alors il fit ce que n'importe quel homme aurait fait à sa place : il parla d'astrophysique.

— SN2008nJ, c'est une de mes supernovæ préférées. Une beauté, une lumière phénoménale. Galaxie NGC1614. J'aurais pu la voir, même avec mon équipement, j'aurais pu la voir, c'est sûr… Les gars qui ont trouvé SN2008nJ, ils l'ont vue environ une semaine après l'explosion de l'étoile. Cette étoile, elle a une masse d'environ dix fois celle du soleil, tu te rends compte ? La flambée de lumière s'évanouit rapidement, et si tu ne la détectes pas avant un mois, c'est fichu. Les mecs l'ont vue le mardi, elle avait dû exploser le mercredi d'avant… Je te parle d'un mercredi il y a deux cent cinquante millions d'années, mais la lumière a dû voyager pendant tout ce temps pour arriver jusqu'à nous. Tu regardes les images et tout ce que tu vois c'est un point au milieu d'autres points, comme une goutte de pluie parmi d'autres gouttes de pluie sur un pare-brise la nuit, et pourtant là tu as l'énergie de cent milliards de soleils et l'histoire de l'univers. C'est ça, tu vois, le miracle des supernovæ. Une galaxie cannibale qui en absorbe une autre, une échelle gigantesque qui fait de nos planètes des poussières de poussières de poussières et pourtant elles nous arrivent un quart de milliard d'années plus tard comme des pets de lapin sublimes, juste pour qu'on puisse comprendre l'infiniment grand et notre propre insignifiance et…

— Dix-sept gamins, l'interrompit Marcel, qui regardait le même ciel que Paul. Dix-sept mômes, qu'elle a parrainés. Dix-sept, t'entends, Paul ? Ah, c'est sûr, que ça a dû faire des heureux. Mais elle ne me l'a jamais dit, Paul… Et ça fait un bail qu'elle dure, cette histoire, ça doit faire au moins trente ans. Elle me l'a jamais dit ! Qu'elle me cache un gars, hein, je dis pas, on l'a tous fait, mais pourquoi elle me cacherait des gamins ? Parce que moi, moi, Paulo, ça m'aurait bien plu de les parrainer aussi ces petits…

Sa voix s'étrangla.

— Tu vis avec un femme pendant cinquante ans, reprit-il. Et puis tu te rends compte que t'es toujours tout seul – elle, moi, chacun avec nos secrets, nos histoires… cinquante ans à se parler et pourtant on ne se dit jamais rien de l'essentiel. Et tous ces trucs qu'on a tus, regarde-moi le travail. « Une semaine. Ou deux », elle a dit. Ou à la saint-glinglin, tiens. Ha. Si on fait le calcul de tout, on n'a pas été malheureux, non, on n'a pas été malheureux… On s'est agacés, c'est vrai, mais tu sais ce que c'est, cinquante ans de mariage. J'aurais pas cru qu'elle se ferait la belle, comme ça, un beau matin, ça lui a pris...

Il soupira.

— Comme quoi on ne connaît jamais vraiment les gens. Même toi, mon Paulo, fit Marcel en lui donnant gentiment un coup de coude dans les côtes, si ça se trouve, hein, Paulo...

— Oh, moi, les secrets... C'est pour les jeunes tout ça, mentit-il en regardant se cogner les glaçons dans son Moscatel.

— Dis, vieux, demanda Marcel après un moment, ça ne va pas déranger ta femme si j'emprunte ce pieu encore cette nuit ? Rapport au vent dans les voiles...

Paul fit signe que ça ne dérangerait personne, et les deux hommes continuèrent à scruter l'univers. En bas, dans la chambre, Renée dormait.

Sur l'île d'Yeu, la lumière d'un atelier faisait un halo jaune dans le ciel sans lune. Quelque part dans l'infini, la nuit tremblait d'explosions gigantesques. Mais combien de temps faudrait-il avant qu'on puisse en voir l'éclat et en sentir le souffle ?

15

Paul se réveilla au milieu de la nuit et se redressa dans le lit. Le bruit de la porte de sa chambre qu'on essayait d'ouvrir battait dans ses tempes. Le jour commençait à poindre et, dans la pénombre, il vit une silhouette. Instinctivement, il se leva et mit quelques secondes avant de s'apercevoir que l'intrus n'était autre que Marcel.

— Grand couillon ! s'exclama Paul tout en essayant de parler bas. T'as failli nous faire avoir un infarctus ! Ou pire, réveiller Renée ! Qu'est-ce que tu fabriques ?

— Ne te dérange pas, je ne fais que passer, fit Marcel. Dis, où est-ce que tu planques ton guide de la route ?

— Mon guide de la route ? Ça pouvait pas attendre demain ?

— Mais chut ! C'est toi qui cries ! J'ai pensé à un truc, je sais pas si c'est tes salades d'étoiles et le fait qu'on est des poussières de poussières ou je ne sais quoi qui m'y a fait penser, mais j'ai un projet, et j'en ai pas fermé l'œil tellement je suis excité.

— Ah bon ? fit Paul, grognon. Tiens, il est dans le…, le… Ah, putain, où est-ce qu'il est ? Dans le vaisselier de la salle à manger, en bas. Allez, bonne nuit.

— Je vais descendre la Loire à la nage, fit Marcel.

— Oui, oui, allez, bonne nuit, Marcel.

— Paulo, je te dis que je vais descendre la Loire à la nage. Du mont Gerbier-de-Jonc à l'Atlantique.

— Oui, eh bien moi je te dis que je vais me recoucher et même pas mettre le réveil à sonner, moi aussi, j'ai des projets d'aventure.

— Il suffit de se faire un flotteur en mousse, continua Marcel. J'ai un sac à dos que je peux étanchéifier avec une bâche à camion, je peux mettre des bouteilles de Badoit pour la flottaison...

— Des bouteilles de Badoit ???

— Oui, parce que j'ai bien réfléchi, et les bouteilles d'Évian et de Vittel, ça irait pas. Au moindre pète, elles fuiraient...

— T'as bien réfléchi ? l'interrompit Paul. T'as bien réfléchi et là, à quatre heures du mat, tu me donnes les fruits de ta mûre réflexion que c'est une bonne idée à soixante-seize balais de descendre la Loire sur des bouteilles de Badoit ???

— Mais non, là tu n'as qu'un détail du plan global. Ça fait des années que j'y pense, si tu veux la vérité. Bon, t'es réveillé maintenant, tu vas pas te rendormir. Assieds-toi que je t'explique. Tu vas voir, c'est un projet formidable pour tout un tas de raisons.

— Avec Renée à côté, t'es pas bien ? Allez, va à l'observatoire, je mets un falzar et je te rejoins, grogna Paul, qui chercha à tâtons ses lunettes.

Une fois les deux vieux réunis parmi les télescopes, Marcel se mit à expliquer son projet avec force gestes. L'idée lui était revenue la veille au soir, elle lui était apparue comme une évidence. Il l'avait eue étant jeune, et la vie l'avait enfouie sous les années. Et puis, avec le départ de Jacqueline, et la solitude qui laisse dans la bouche le goût amer de tout ce qu'on n'a pas fait et de ce qu'on aurait dû faire et de tout ce qui aurait dû être...

Dans le tas, il y avait la Loire. Une éternité que Marcel se rêvait en héros ligérien, et l'envie était revenue ; il fallait la saisir. La Loire n'étant pas navigable, il allait alterner marche et nage. Mille kilomètres. Il avait trente ans de natation en eau froide derrière lui et une détermination inébranlable.

Au début, il avait eu l'idée de faire le trajet à la nage traditionnelle, aux endroits où il y avait des plages, où la baignade était autorisée. Mais il s'était souvenu de sa première expérience, l'automne d'avant en hydrospeed ou nage en eau-vive, qui l'avait enthousiasmé. Avec l'hydrospeed, le nageur palmé descendait les rivières sur un flotteur, et cela demandait une excellente condition physique, mais pas de training particulier. Au fond de son lit d'appoint, Marcel en avait conclu que tous les éléments étaient réunis pour faire enfin cet exploit dont il avait si souvent rêvé. Mais il gardait le meilleur pour la fin.

Après une heure passée à écouter le plan de Marcel et à lui poser des questions techniques, Paul se gratta la tête et soupira :

— Bon, ce n'est pas un mauvais plan. Niveau ingénierie, ça peut se faire. Avec des préparatifs, on peut s'entraîner dans les petites rivières du coin, il y a des clubs d'hydrospeed, on verra comment font les gars, ça devrait pouvoir se faire.

— Ah non, pas le temps, je pars là, à la fin de cette semaine.

— Y a pas l'feu au lac…

— Non, mais tu vois, avec Jacqueline qui est à l'île d'Yeu…

— Quoi… ?

— Ben, géographiquement, l'île d'Yeu… Une fois que t'es dans la Loire, arrivé à l'Atlantique, c'est comme qui dirait droit devant, dit Marcel en faisant zigzaguer sa main.

— Tout droit, tout droit, faut le dire vite… Si c'est aller chercher ta femme à l'île d'Yeu que tu veux, y a l'embarcadère à Fromentine, en trente minutes tu y es…

— Mais où est la gloire, Paulo, où est la gloire ?… Qu'est-ce que tu en penses ?

— Oh là, moi, je peux t'aider à fabriquer ton barda, mais les bonnes femmes, la gloire, ce n'est pas mon rayon. Demande à Renée, plutôt.

— Non, non, pas la peine. C'est tout vu.

— Bon. Je me demande quand même si des bouteilles de Coca ne seraient pas mieux question flottaison, à y bien réfléchir. Tu sais, les deux litres…

16

C'était drôle d'entendre les histoires de ces vieux hommes. Il me semblait à moi qu'ils essayaient d'accomplir leur destinée, sans être sûrs de ce qu'elle était vraiment. N'avait-on pas inscrit, quelque part en eux, leur raison d'être ? Et pourquoi s'affairaient-ils à essayer de la trouver encore, si tard ?

Pour ma part, la contemplation de ce qui se passait à la villa m'avait quelque peu distrait de ma quête de papillon. La plupart de mes frères avaient déjà trouvé leur « autre » Myrtil. Eux, au moins, ils avaient accompli leur destinée, et moi, il me restait encore à le faire. Peut-être ne trouverais-je jamais celle pour qui j'étais devenu adulte, malgré les dizaines de milliers de *Maniola jurtina* qui peuplaient l'île ? Tant pis, soupirai-je. J'avais encore un peu de temps. Peut-être.

À la villa Jolie-Fleur, une routine étrange s'était installée. Jacqueline passait ses nuits dans l'atelier, et ses journées enfermée dans le bungalow. Lors des repas, elle perfectionnait son rôle de convalescente stoïque qu'on doit plaindre en silence. Nane s'y était bien habituée et traitait sa cousine comme si elle avait toujours fait partie des meubles. Mais, pour Arminda, en revanche, la cousine devenait de plus en plus suspecte.

Il avait commencé à faire très chaud sur l'île, une chaleur blanche qui faisait se recroqueviller hommes et insectes dans les coins et les ombres. Les volets à peine entrouverts, Jacqueline vaquait à de petites occupations qui lui prenaient des heures. Elle ne pensait pas à son mariage, que chaque jour d'absence effilochait davantage ; de toutes ses forces, elle essayait de ne pas y penser. Cette vie qu'elle avait délaissée sur le continent pesait au bout de chacune de ses pensées comme un poids mort, et y accrochait la conviction que le moment viendrait où elle paierait pour sa fuite. Pour l'instant, le souvenir encore brûlant des trésors trouvés dans l'atelier était devenu un formidable antidote. Elle recousait un bouton à sa robe de chambre rose et soudain c'était l'occasion de revoir un épisode des boîtes à chaussures. L'écriture d'une note à Perpétue accompagnant l'envoi d'un livre engendrait un dialogue imaginaire avec sa correspondante béninoise, et Jacqueline riait alors de sa vie rêvée, que les petits admiraient.

Au début, il lui arrivait de murmurer devant le miroir. À présent, elle faisait la belle comme une comédienne dans sa loge, répétant des scénarios romantico-dramatiques aux décors de papier glacé. Parfois elle s'arrêtait net, les yeux suspendus à quelque fantôme échappé de ses rêveries.

La petite reproduction byzantine de la *Vierge de tendresse* accrochait souvent son regard. Marie au teint craquelé, joue contre joue avec le petit Jésus, ses longs doigts d'or tenant l'enfant comme s'il avait été fait de plume, sa tête si minuscule contre celle de sa mère. Si minuscule – il aurait fallu qu'il soit né bien prématurément pour être si petit, songeait Jacqueline. Elle les regardait souvent, la mère et l'enfant. Et dans ces moments-là, elle ne parlait plus ; seule la poussière dansait dans le filet de lumière qui rayait ses mains ridées.

Au moins, la nuit, lors de ses insomnies, je savais ce qu'elle faisait : j'étais là, dans l'atelier. Je m'endormais sur le lierre en la regardant défaire les boîtes. Elle murmurait des dialogues décousus, s'imaginant peut-être la reine d'une soirée où l'on s'intéressait à elle. Elle répondait aux questions invisibles avec modestie, elle qu'on savait heureuse, comblée, voyageuse et fascinante. Ces bribes incohérentes avaient pris la teinte de la gouaille de Nane – Jacqueline se réinventait une existence à part sous la lueur blafarde de l'atelier. Et, plus elle ouvrait de boîtes, plus elle avait l'air d'une folle.

Après une semaine sans que personne la surprenne, Jacqueline avait dû oublier que sa présence ici était illicite. Envolée, la prudence des débuts : elle laissait tomber des cartons, causait tout haut et ouvrait des portes qui grincent. Jusqu'à ce que ce qui devait arriver arrive.

Ce soir-là, elle avait épuisé les boîtes du placard en Formica blanc. Elle avait voyagé de New York à Buenos Aires, de La Baule à Chamonix, des naissances d'enfants aux anniversaires avancés, du noir et blanc à la couleur, du papier mat au papier brillant, mais elle n'avait point trouvé d'autres clichés de l'homme en noir. Elle savait que Nane avait dû garder des photos de ce mariage en 1953, car elle gardait tout. Alors il devait y avoir une autre boîte quelque part.

Après avoir fureté en long et en large, elle commença à gravir les marches en bois montant vers la mezzanine, où elle avait remarqué le carton étiqueté Photos sous la planche à voile. Mais, avant d'arriver en haut, elle aperçut quelques images en noir et blanc, en vrac, sur le haut d'une vieille armoire. S'y trouvaient également une figurine en albâtre, une bergère avec ses moutons bleuâtre et terne, mais qui avait dû briller un jour : c'était un de ces bibelots pailletés qui changent de couleur avec la météo.

Elle s'empara des clichés sales et les épousseta sur sa robe de chambre en satin : ils dataient des années 50. Elle redescendit de son perchoir pour aller inspecter le contenu de l'armoire. Quelle ne fut pas sa surprise lorsqu'elle trouva, dans ce royaume de portes ouvertes, un verrou fermé à clef. Il suffit qu'une boîte soit fermée pour qu'on veuille l'ouvrir, telle est la nature humaine. Mais pour notre dame en manque de clichés, la tentation devint immédiatement une obsession fulgurante. Enivrée de sa propre folie, toute retenue sacrifiée sur l'autel de sa dépendance, elle essaya de forcer la porte.

L'armoire résista quoique les battants fussent vermoulus. Elle résista à cette femme qui, à la recherche de sa dernière chance, était déterminée à faire sauter les verrous de l'intimité des autres. Elle tirait et poussait et l'armoire en tremblait. Et soudain, un fracas la pétrifia : la bergère en albâtre avait éclaté sur le sol en béton. Jacqueline se figea, immobile et raide, le cœur battant la chamade, le doigt sur l'interrupteur qu'elle venait d'éteindre. Elle déchiffrait les bruits de la nuit – venait-on la chercher pour la pendre ? Perdue au milieu des débris d'albâtre, l'énormité de son effraction l'avait prise d'assaut.

À part son cœur, rien d'autre ne bougeait dans l'atelier. La vieille dame guettait, priait, écoutait, suppliait mais soudain une peur plus grande l'envahit :

elle avait entendu un bruit. Dehors, la lune de l'île, énorme, faisait des ombres dans le jardin, mais Jacqueline ne put dire d'où était venu le son. Puis un autre survint, plus net, comme un grognement. Il venait du vieux fourgon Citroën.

Alors, sur la pointe des pieds, Jacqueline s'aventura vers la sortie. Dans l'obscurité, elle marcha vite vers le bungalow, mais un autre bruit arrêta ses pas : dans le fourgon, des bouteilles chaviraient.

Allait-elle surprendre Nane en train de boire ? Cette fois elle en aurait le cœur net. Une vague de satisfaction la réchauffa un instant : prendre Nane en flagrant délit de cachotterie minimisait les siennes. Au lieu de rentrer dans le bungalow, elle s'avança vers le vieux fourgon Citroën, à pas feutrés, le satin rose brillant d'un éclat triste sous la grosse lune jaune, sa robe de chambre se prenant dans les mauvaises herbes. Elle était toujours cachée par le mur de l'atelier. Et, soudain, la portière du fourgon s'ouvrit d'un coup et elle découvrit deux corps nus.

Elle fit immédiatement demi-tour pour se cacher derrière le mur, mais sa rétine brûlait de l'image qu'elle avait surprise : les fesses d'un homme qui allaient et venaient entre de longues jambes ouvertes ; une chevelure noire enlacée dans de grands doigts d'homme, les ongles rongés d'une petite main fine qui agrippaient ses fesses. Deux bouches ensemble puis celle de l'homme sur un sein, la volupté et la voracité nue, le plaisir pris et le plaisir donné. Une bouteille de vin et deux verres avaient été renversés mais les soupirs ne s'arrêtaient pas. C'étaient Arminda et Bruno, le poissonnier.

Combien de secondes ou de minutes ou d'heures Jacqueline passa-t-elle là, pétrifiée pour la seconde fois de la nuit ? Et quelle pulsion la poussa à tendre le cou pour regarder encore ? Elle était prise de tétanie face à cette rage d'Arminda, les fesses sur un blouson noir en guise de couverture, face à cette scène en noir et blanc, scandaleuse et délicieuse, face à cette urgence à vivre qui brûlait comme un brasier et qui faisait tout flamber à l'intérieur d'elle-même.

Finalement, elle s'enfuit vers le bungalow et resta éveillée jusqu'à l'aube. L'homme en noir la hantait depuis cinquante-six ans, mais, ce soir, il semblait la frôler, corps et âme. Et, à chaque caresse, dix mille cicatrices s'ouvraient en même temps.

17

Il fallut à Paul et Marcel sept jours pour s'organiser. Pendant ce temps, l'observatoire fut transformé en atelier de fabrication du flotteur de Marcel. Le design consistait en une chambre à air de voiture pliée en C, attachée par des élastiques également taillés dans une chambre à air. Pour constituer les poignées, deux plinthes serraient ce boudin, et ces deux planches étaient jointes par une vis traversante enrobée de morceaux de tube de chauffage en PVC en guise d'entretoise. Pour construire ce chef-d'œuvre d'ingénierie, on s'était donné les moyens. Il y avait des outils partout : sur la table, sur le lit d'appoint, sur le lavabo, dans la douche. Renée râla car elle avait trouvé de la colle à bois sur la banquette du séjour. Le sol de l'observatoire était jonché de bouts de corde, de bouteilles, de chambres à air, de sacs poubelle, de scotch et de matériaux non identifiés, et une personne non avisée aurait juré qu'ils ne servaient à rien. D'ailleurs, même Renée, qui pourtant avait de l'expérience, jeta par mégarde un minuscule bout de mousse qui traînait près de la télé : malheureusement, il s'avéra qu'il avait été découpé spécifiquement pour le projet. Elle essuya les foudres de Paul et, dès lors, ne toucha plus à rien. Toutefois, elle eut l'occasion d'exercer elle aussi son courroux : Paul lui avait emprunté son kit de couture pour coudre la bâche imperméable et avait tordu la majorité des aiguilles.

Il y eut aussi les allers et retours à Mr Bricolage et Décathlon. Puis les essais d'étanchéité, dans un baquet à lingerie que Paul avait installé dans le garage. Marcel passait la moitié de son temps en slip de bain. La veille du grand jour, il était seul dans l'observatoire. Il avait étalé sur le lit, en vrac, tout le matériel prévu pour son voyage : un sac de couchage, la tente la plus petite qu'il avait pu trouver, des vêtements, des cartes géographiques, une pochette étanche contenant son portefeuille, un carnet et trois crayons, un canif, un couteau suisse, un téléphone portable et son chargeur, du baume du tigre, de l'alcool à 90°, une tasse en alu, une cuiller, un Tupperware (contenant fromage, pain, abricots secs et pruneaux), une serviette de bain monogrammée, une petite trousse de toilette standard, une boussole, une lampe de poche rechargeable, une paire de lunettes de soleil, un briquet et un seul livre, le guide de la Loire. Ses palmes et son flotteur fait maison dépassaient du sac à dos en bâche de camion cousu main qu'il porterait contre sa poitrine. Dans un coin de l'observatoire se dressait sa canne de marche en bambou, également de sa fabrication.

La pièce la plus importante de l'expédition, le cœur même de l'aventure, se trouvait sur le bureau de Paul, sur la pile de manuels d'astrophysique : un tableau Excel que Marcel avait passé des heures nocturnes à élaborer. Protégé par une pochette transparente achetée pour l'occasion, imprimé en trois exemplaires, ce superbe document de plusieurs pages contenait tout son périple. Il l'avait montré à Paul, qui avait dit « chapeau » mais, finalement, c'était comme s'il était destiné à des juges au bras plus long, la postérité peut-être, ou des descendants improbables, ou, qui sait, ceux qui n'avaient jamais cru en lui. Sur son tableau étaient listées toutes les villes étapes et les dates qui leur correspondaient et, le cas échéant (tous les trois, quatre jours pour l'utilisation de la douche), les coordonnées de leurs aires de camping. Pour franchir le millier de kilomètres, Marcel avait prévu huit semaines, à raison d'une moyenne de vingt kilomètres par jour, soit environ six heures de marche quotidienne. C'était largement en deçà de ses capacités, lui qui était habitué aux randonnées longues de quarante, voire de cinquante kilomètres. De plus, avec l'hydrospeed, il irait bien plus vite, mais il avait préféré voir large. Il comptait arriver à Notre-Dame-de-Monts, sur la plage du Pont-d'Yeu, le point de la côte le plus proche de l'île, à la mi-août. Bref, l'aventure était remarquablement planifiée, et son équipement avait été essayé, testé, adapté. Il était au grand complet. Et pourtant, assis sur son lit au milieu de son barda, Marcel n'avait plus du tout envie de partir.

18

Marcel avait l'impression de se réveiller d'un rêve embarrassant. Pendant toute la préparation, il s'était efforcé de faire taire la petite voix nasillarde lui répétant que ce n'était pas une bonne idée. Non seulement il s'embarquait dans une randonnée de mille kilomètres, seul face à d'innombrables dangers dont il sous-estimait forcément la gravité, mais aussi, seul face à l'épuisement, du haut de ses soixante-seize ans, il n'était pas du tout sûr de survivre. Déjà, l'idée était particulièrement incongrue. Mais si, en plus, il s'accrochait à l'illusion que ce voyage sauverait son mariage, l'absurdité de l'entreprise devenait édifiante. Car, bien sûr, ce qu'il avait tu pendant cette semaine de préparation, c'était qu'à chaque minute de bricolage, à chaque ligne de son tableau Excel, il se voyait arriver sur une plage à l'île d'Yeu, le héros aux ampoules aux pieds, auréolé de son exploit ligérien, et embrassant sa Pénélope qui, enfin, au bout de plus de cinquante ans, admettait dans un soupir admiratif que son mari était quand même quelqu'un. Et que tout, finalement, redeviendrait comme avant – en mieux, même, peut-être. Voilà ce qu'il s'était dit, Marcel, en slip de bain dans son baquet à linge.

Ce soir, il ne restait plus que la honte d'avoir entraîné Paul dans ce projet stupide. Et ces voix familières et pourtant nouvelles, ce chorus infernal qui lui soufflait que, ce qu'il fallait faire, ce que n'importe quelle personne sensée aurait fait, c'était rentrer, retrouver sa maison, reprendre sa vie en main, retourner à sa trempette quotidienne et attendre qu'elle revienne. Figé sur son lit comme si des bras invisibles l'empêchaient de bouger d'un millimètre, Marcel essayait de réfléchir à ce qu'il fallait faire. D'un bond, il se leva et fourra son fourbi dans le sac à dos ; il ne voulait plus le voir. Tout ne rentrait pas, alors il mit le reste dans un grand sac poubelle, qu'il glissa sous le lit.

C'est à ce moment-là que Paul revint dans sa tanière. Avant qu'il ait pu dire quoi que ce soit, Marcel l'avertit :

— Bon, écoute, Paul. Je vois les choses clairement à présent... et je crois que c'est plus raisonnable que je ne parte pas.

Il se répandit en phrases inachevées, ne trouvant pas les mots et, finalement, devant ce qu'il crut percevoir comme de la déception dans les yeux de Paul, il lui lança :

— Remarque, maintenant qu'on a fait tout ce boulot... Tu ne veux pas le faire, toi ?

Paul éclata de rire.

— Ah, non ! Moi, la flotte, c'est pas mon truc ! Mais remarque, ça m'étonne pas ce que tu me dis, je m'en doutais un peu. Eh bien, n'y va pas.

Marcel le regarda de travers.

— C'est vrai, je comprends ce que tu ressens, poursuivit Paul. C'est risqué, cette aventure, surtout à nos âges. Je me demande si tu ne ferais pas mieux de rester chez toi, tranquille. Jacqueline va bientôt revenir, de toute façon. Si tu veux, je peux te filer un coup de main pour aménager ta baraque, profiter que ta femme n'est pas là pour faire ton chez-toi à ta sauce. Toi qui voulais une nouvelle télé, on peut te faire un petit coin bien confortable. Je vais te dire un truc, et je sais de quoi je parle : les rêves de jeunesse, il faut s'en méfier comme de la peste, ça n'amène que des emmerdes.

— Et si Jacqueline ne revient pas... ? murmura Marcel en regardant ses mains.

— Eh bien si elle ne revient pas, tu te remettras en selle, mon vieux. Tu sais qu'ils organisent des bals musette tous les dimanches à la salle des fêtes de Lamballe ? C'est le rendez-vous des veuves, Renée y est allée une fois, avant tous ses problèmes de santé, elle s'est amusée comme une folle. Allez, on va bien trouver un petit jeune qui voudra de notre hydrospeed. Crois-moi, si le bon Dieu avait voulu que tu descendes la Loire, Il t'aurait donné des palmes. Allez.

Deux jours plus tard, ils étaient tous les deux à des centaines de kilomètres d'Erquy, en Ardèche, à la source de la Loire, le mont Gerbier-de-Jonc.

19

À la villa, le ciel avait déjà tourné vilain. L'île soudain ruisselait de pluie et de froid. La fenêtre de la salle de bains du bungalow était restée ouverte et je pus m'y réfugier. Jacqueline se réveillait à peine de son mauvais sommeil. Les images de la veille l'assaillirent et il lui sembla qu'elle sortait tout droit d'un rêve amer : les nuits dans l'atelier, la vague de chaleur, les corps nus du fourgon, tout semblait improbable, comme si c'était arrivé à une autre. L'idée de rester dans ce bungalow sentant la poussière mouillée lui glaçait les os. Dès que les boîtes à chaussures apparaissaient dans son esprit, elle haussait les épaules dans un sursaut pour les en faire disparaître. Elle eut soudain envie de voir Nane, de laisser cette solitude poisseuse, de retourner dans la villa. Elle se prépara avec autant de coquetterie que le temps pouvait lui en accorder, et trottina dans les flaques d'eau en direction de la maison.

Jacqueline fut déçue de la découvrir vide : Nane avait déjà dû partir faire ses courses et Arminda... La vieille dame eut un nouveau sursaut en pensant à elle. Elle trouva néanmoins le salon douillet et sec, et décida d'attendre Nane. Dans la bibliothèque, elle choisit un des thrillers que sa cousine affectionnait, et même si ce n'était pas son genre de prédilection, elle s'installa dans un fauteuil et commença à le feuilleter, presque avec dédain. Une bonne heure s'était écoulée sans que Jacqueline, absorbée par son roman, s'en rende compte, quand Arminda arriva dans le salon avec un baquet de linge à repasser.

Elles se dirent bonjour avec des yeux de merlan frit. Jacqueline fit l'effort de se relever de son fauteuil mou, mais Arminda lui dit de ne pas s'en aller, que sa présence ne la dérangeait pas. Pendant que la jeune femme sortait la planche à repasser de sous l'escalier, Jacqueline fit mine de s'absorber à nouveau dans le livre. Mais, malgré les aventures d'un psycho-killer imaginatif, elle n'arrivait plus à retrouver le fil de l'histoire. Arminda installa sa planche et mit un CD dans la chaîne hi-fi : du fado, cette musique traditionnelle portugaise qui parlait d'amours toujours un peu tragiques. Pendant ce temps, Jacqueline relisait toujours le même paragraphe. Elle aurait aimé avoir des yeux sur le sommet de la tête pour scruter Arminda, qui, elle aussi, la regardait en douce.

L'odeur du linge chaud se mêlait aux parfums de pluie d'été, le « psssscchhhh » de la vapeur accompagnait les notes languissantes du fado et Jacqueline, lovée dans le fauteuil usé de Nane, oublia petit à petit le malaise qui flottait et s'évada avec le tueur en série. Mais elle fut tirée des prisons insalubres du Nevada par la voix rigide d'Arminda :

— Vous savez, Jacqueline, je ne veux pas me mêler de vos affaires, mais je ne pense pas que Nane serait ravie d'apprendre que vous fouillez dans son atelier en pleine nuit.

La vieille dame en eut la respiration coupée. Elle planta ses yeux ronds sur Arminda qui, elle, les baissait sur son repassage. « Pshhht, pshhht. »

— Je ne l'ai pas dit à Nane, continua la jeune femme, mais je voulais vous dire que je ne trouve pas ça correct. Il y a des choses très personnelles dans l'atelier de Nane. Et…

— Et moi, vous pensez que je trouve ça correct que vous preniez cette maison pour un bordel ? fit Jacqueline en haussant la voix.

Arminda releva la tête. La surprise, l'indignation et la colère colorèrent tour à tour ses pommettes. Celles de Jacqueline étaient rouges elles aussi, enivrées par la virulence de cette réplique qui était sortie toute seule. Les deux femmes étaient raides comme des coqs. Il y eut quelques secondes de silence tendu, ridiculisé par les lamentations exagérées de la chanteuse de fado.

— Vous ne savez rien de cette maison…, dit enfin Arminda, la rage au bord des lèvres.

— Je sais qu'on cache à ma cousine un intrus qui vient chez elle la nuit et que son aide ménagère s'envoie en l'air comme une…

— Je me demande qui devrait avoir honte, la pute qui s'envoie en l'air avec son amoureux quand ça ne dérange personne, ou la grande dame qui fourgonne dans le passé des autres ?

— Ce passé, il m'appartient aussi, figurez-vous, trembla Jacqueline, qui commençait à faire profil bas. Nane et moi avons vécu des choses que vous ne pourrez jamais comprendre.

— Non, non, Jacqueline. Il n'y a rien qui vous appartienne ici. Tout est à Nane, tout. Et je vais vous dire, vous n'êtes pas la première, hein. J'en ai vu des jaloux qui sont venus fourrer leur nez à la villa pour avoir un bout de Nane. Mme Verbowitz, elle a eu une vie extraordinaire, hein, la gloire, l'argent, l'extravagance, et puis il y a l'héritage qui ne doit pas être bien loin, maintenant, hein, c'est ça qu'ils se disent, alors on va devenir copains. Mais des qui fouillent dans les photos, dans les secrets, ça, j'en avais jamais vu.

— Vous pensez que je suis là pour l'héritage ? ricana Jacqueline. Mais ma pauvre fille, vous n'avez pas idée de la famille dont je viens ! Je pourrais acheter dix fois cette maison.

— Et les souvenirs qu'il y a dedans, vous voulez les acheter aussi ou vous voulez juste les emprunter ?

— Mais vous, siffla Jacqueline en se raidissant, puisque vous êtes si désintéressée, pourquoi vous cachez votre poissonnier ?

— Sûrement pour les mêmes raisons que vous, Jacqueline.

— Pardon ? fit la vieille dame, interloquée.

— Pourquoi vous ne quittez pas votre mari pour de bon, hein ? Je vais vous le dire : parce que avoir le courage de vivre votre vie briserait celle des autres, voilà pourquoi. Nane...

Arminda s'interrompit et Jacqueline se figea : la sonnerie du téléphone venait de retentir. Arminda fit un mouvement pour aller le décrocher, mais elle s'arrêta en entendant le bruit de pas lourds sur le palier et la voix étouffée de Nane qui répondait.

— Nane est là ? fit Jacqueline, interloquée.

— Elle était couchée, elle a une cystite. Je pensais qu'elle dormait.

Arminda se remit à repasser. Un silence tendu enveloppa la pièce.

— Pour sa cystite, elle devrait boire du jus de cranberry, fit Jacqueline sans regarder la jeune femme.

— Il n'y en a pas sur l'île.

— Il y a aussi le navet, c'est bon pour ça. Le poireau, aussi.

— J'ai déjà fait du bouillon, rétorqua vertement Arminda.

— Non, non, répliqua Jacqueline. Ce n'est pas du bouillon qu'il faut pour la cystite, mais six poireaux recouverts d'huile d'olive. Vous les cuisez à feu doux, et ensuite vous les appliquez bien chauds sur le bas-ventre.

— Sur le… ? reprit Arminda, irritée. Vous savez, quand ses invités ne font pas honneur à sa cuisine, ça ne dérange pas Nane. Mais je ne suis pas sûre qu'elle apprécie qu'on en fasse des cataplasmes.

Jacqueline resta figée, son roman américain sur les genoux. Piquée au vif. Jamais sa cousine ne se serait permis de lui parler sur ce ton. Son appétit avait toujours été un sujet sensible. Une colère triste l'immobilisait. Son nez lui piquait, ses tempes tambourinaient. Arminda alla porter les serviettes dans le tiroir de la commode. La pluie tombait toujours et la vieille dame avait envie d'aller se coucher aussi, dans un endroit chaud et sec. Jacqueline se leva et se dirigea vers le couloir. Dans l'encadrement de la porte, elle se retourna et lança à l'aide ménagère.

— Estimez-vous heureuse, Arminda, de la vie que vous avez eue et de l'époque dans laquelle vous vivez. Moi, je n'ai pas eu d'enfants et de mon temps on n'avait pas tous ces traitements, tous ces spécialistes. On faisait avec ce qu'on avait, c'est-à-dire avec les choses naturelles. J'étais fille unique et ma mère était dévastée que nous n'ayons pas d'enfants. Si elle entendait qu'Unetelle avait eu un garçon parce qu'elle avait mangé des huîtres, alors à la saison ma mère m'apportait des huîtres à tous les repas. L'huile de germe de blé, le foie… Pendant un temps, elle me réveillait au milieu de la nuit pour me faire manger des asperges… Ça a commencé à dix-sept ans, et pendant plus de vingt ans elle m'a fait apporter des choses à manger tous les jours. Elle est morte quand j'avais trente-neuf ans. Depuis, je vois un repas et je pense aux regrets de ma mère et aux enfants que je n'ai pas eus. C'est ce passé-là, Arminda, que vous ne pourrez jamais comprendre.

Arminda avait gardé les yeux baissés. Elle voulut dire quelque chose avant que Jacqueline ne parte, mais les pas de Nane dans l'escalier les interrompirent toutes les deux.

— Je voulais te dire, Arminda, fit Nane en soufflant, Eugene et Cindy, tu sais, les amis de New York ? Ils se pointent mardi à l'heure du déjeuner, pour trois jours. Tu t'occupes des menus ? Moi j'ai pas la tête à ça.

— Je m'en occupe, intervint Jacqueline comme si sa vie en dépendait.

Nane et Arminda la regardèrent, soupçonneuses.

— Comme je l'expliquais à Arminda à l'instant, je n'ai pas un coup de fourchette sensationnel, mais je sais cuisiner quand il le faut. Regarde-toi, tu n'es pas en état… Laisse-moi tout préparer, ça me fait plaisir.

Nane regarda encore Arminda, puis Jacqueline, qui était devenue très raide.

— Bon, ben, écoute, vas-y pour mardi midi, dit-elle avant de retourner vers les escaliers en traînant les pieds.

Puis elle ajouta :

— Tant que tu leur sers dans l'assiette et pas sur le bide, à mes Ricains, ça me va.

20

Si ces jours-là avaient été difficiles pour Jacqueline, nous savions grâce à quelques libellules Demoiselles que les suivantes furent terribles pour Marcel, plongé dans la Loire jusqu'au cou. Au mont Gerbier-de-Jonc, Paul avait aidé Marcel à mettre son barda sur ses épaules. Il l'avait pris en photo avec un appareil numérique flambant neuf et l'avait montrée à l'intéressé : le sportif avait l'air un peu ridicule avec sa chambre à air sur le ventre et son énorme sac sur le dos, posant l'air constipé à côté du panneau MONT GERBIER-DE-JONC. Paul avait plaisanté, prétendant qu'il l'enverrait à un ami journaliste à *La Nouvelle République*, mais bien vite il avait compris qu'il devait partir avant que Marcel ne change d'avis. Alors il l'avait embrassé en lui donnant rendez-vous à Notre-Dame-de-Monts.

— Tu me passes un coup de fil, hein, vieux ?

Puis sa voiture avait disparu derrière un car de touristes. C'en avait été fait des adieux.

Alors Marcel avait commencé à marcher, en suivant le ruisseau nommé Loire en petites lettres italiques par un panneau. Six kilomètres plus tard, le cours d'eau avait droit à des lettres majuscules et à un joli pont menant vers Sainte-Eulalie. De petites églises, quelques maisons abandonnées, un ciel soudain assorti au paysage, un chemin de terre bordé de pins et de noisetiers, des prés peuplés de chevaux, de belles fermes en pierre – ah, si au moins Marcel avait pu voir cette terre sur laquelle il marchait ! Mais il ne voyait rien que la douleur de mettre un pied devant l'autre. Son corps se rebellait contre le poids de son bagage et la menace des mille kilomètres à venir qui l'alourdissait encore.

Les trois premières nuits, il dormit dans de petits hôtels. Mais, à chaque fois, le réveil fut terrible. Le quatrième jour, il installa sa tente sur un banc de sable. Au matin, il n'y avait plus de place pour les illusions : c'était l'enfer.

Des ampoules aux pieds, des champignons entre les orteils, les épaules qui ployaient sous ce sac à dos trop lourd, le genou qui menaçait de s'arrêter. Des bleus et des griffures, la moitié de ses affaires mouillées et lui qui ne craignait pas le froid avait grelotté toute la nuit. Le téléphone avait pris l'eau lors du premier plongeon, impossible de le faire marcher. Ce tapis de sol trop mince martyrisait son dos. Son estomac criait famine, le reste suivait, avec le mal de tête les jours de vent. Le souffle manquait à ses côtes et à ses promesses. Il ne pouvait pas faire vingt-cinq kilomètres dans la journée. Pas avec ce sac qui pesait comme un homme mort. Quinze kilomètres, c'était le grand maximum. Plusieurs fois, il avait cru être allé au bout de lui-même et avoir atteint les vingt kilomètres. Alors il avait regardé sa carte : dix kilomètres à peine.

Il se souviendrait de sa première descente en hydrospeed pour le restant de ses jours. Il s'était jeté à l'eau vers Cussac. Ce n'était pas prévu dans son itinéraire, bien trop tôt, le niveau était trop bas, trop de rapides, trop de cailloux. Mais il ne pouvait plus attendre : la marche était une telle torture que l'eau serait forcément plus agréable. Son corps malmené n'aspirait plus qu'à flotter. Alors il avait mis son barda à l'eau. La force du courant l'avait pris par surprise, emportant tout de suite son sac à dos attaché à sa taille. Il avait eu un mal de chien à positionner son flotteur correctement et s'était rendu compte qu'il n'était pas du tout pratique. Bien vite, trop vite, sac à dos, flotteur et leur homme avaient descendu la Loire comme des naufragés. Marcel s'était pris les pieds dans ses palmes, puis cogné plusieurs fois le genou contre le lit rocailleux. Passer les premiers petits rapides, qui pourtant n'avaient l'air de rien vus de la berge, avait été un cauchemar. Marcel avait été écorché à plusieurs endroits. Il n'arrivait pas à garder le cap. Il tenait tant bien que mal la tête hors de l'eau, s'approchait trop près, trop vite, de la berge plantée de grandes herbes. Puis, à peine vingt mètres plus loin, il s'était retrouvé emberlificoté dans les arbres et les ronces, et la corde qui le reliait à son flotteur s'était enroulée autour de son cou, tandis que le courant le malmenait. Marcel avait voulu prendre son couteau pour se libérer, mais l'avait perdu dans les remous, et l'eau était entrée partout. Les forces lui avaient manqué, mais, finalement, comme par miracle, il avait pu s'extraire de sa prison d'eau, de cordes et d'herbes pour atteindre la berge. Il avait failli se noyer. Il avait mal partout et reprenait son souffle. Cette expédition était une mauvaise idée depuis le début.

Il s'était rendu compte de sa première erreur dès le premier jour : l'été, le niveau du fleuve était trop bas pour la nage ou l'hydrospeed. Et si la Loire se descendait en canoë, elle ne se descendait pas en flotteur. Il lui faudrait trouver les endroits suffisamment profonds pour passer en hydrospeed. Ce qui voulait dire davantage de marche et moins de nage. Il s'était arrêté après Le Puy-en-Velay et avait préparé son bivouac sur un banc de sable minuscule et boueux, trop fatigué pour trouver un meilleur emplacement. Derrière lui, la départementale. Il avait rassemblé ses dernières forces afin de ramasser des branches pour le feu. Il s'était endormi en grelottant et réveillé le matin très tôt avec cent ans de plus.

Il ne bougeait pas de son banc de sable mouillé. Il avait posé sa longue canne de bambou près de lui, près des cendres de son feu de la veille. Ses courbatures l'empêchaient de bouger. Il regardait la Loire, là, devant lui, couler et lui échapper. Elle y allait, vers l'océan, et lui, il était là, trop vieux pour la rattraper. Il voyait de temps en temps une branche qui flottait, ou une feuille ou un moucheron encore plus minuscule et il pensait que ça pourrait être lui qui s'en allait vers l'Atlantique, mais tout allait trop vite, la rivière, les trains, tout. Il ne serait jamais à Notre-Dame-de-Monts à temps. Il fallait tout revoir. Et il n'avait plus de téléphone. Alors il valait mieux tout arrêter. Peut-être irait-il à l'île d'Yeu en train et en bateau, en deux jours il y serait et voilà, ça serait vite réglé.

Dans ce découragement, il y avait comme quelque chose qui revenait. Une pensée venimeuse, mais même pas une pensée franche avec laquelle il aurait pu raisonner ; plutôt une arrière-pensée, oui, une arrière-pensée amère et lâche. Comme une mouche qui aurait ziziné autour d'une vieille chose pourrissant lentement et qu'avant la disparition de Jacqueline il n'aurait pas remarquée. Ou un fantôme qui lui disait constamment qu'il était orgueilleux et ridicule, qu'il n'y arriverait jamais. Marcel essayait de s'en débarrasser et lui balançait à la figure une main impatiente ou tournait la tête d'un coup vif. De loin, il avait l'air d'un fou, à faire de grands gestes contre le vent, mais au moins cette pensée partait. Pourtant toujours le fantôme revenait. Il avait fini par se demander si ce n'était pas la Loire elle-même qui lui parlait comme à un moins que rien.

Un grand plouf le tira de ses pensées démissionnaires : un pêcheur attrapait tranquillement un poisson qui se trémoussait au bout de sa ligne. Marcel ne l'avait pas remarqué avant, mais un peu plus loin sur la berge opposée, derrière les arbres, il y avait une vieille caravane dans un état de décomposition avancé ; on pouvait à peine la voir derrière les saules pleureurs et les grandes herbes. Il y avait aussi un labrador qui attendait sagement à côté d'une glacière crasseuse.

Marcel regarda le pêcheur, un homme, la soixantaine, portant une barbe de trois jours, avec sur la tête une casquette en tissu léger à la visière en plastique. Le pêcheur lui adressa un bonjour de la tête, et Marcel fit de même. La matinée se passa ainsi, et plus Marcel restait assis sur la berge, plus il était convaincu que son épopée se finirait ici, à quelques jours du mont Gerbier-de-Jonc. Il attendait le moment opportun où il partirait, mais pour l'instant il était bien incapable de bouger. Cette rivière de douleur avait tout rincé.

Vers dix heures, le pêcheur revint vers son siège pliant et son chien. Il disparut plusieurs fois derrière la vieille caravane. Il fouilla dans sa glacière et en sortit de vieux sacs plastique. Sur le couvercle de la glacière il étalait pain, beurre, et quelque chose dans du papier de boucher qui avait tout l'air d'être du pâté de foie. D'un coup Marcel sentit une odeur de cuisine qui lui donna grand-faim. Il alla donc ouvrir une boîte de maquereaux au vin blanc qu'il mangea avec son couteau suisse. Puis il entendit siffler. Le pêcheur le regardait et levait une bouteille de vin rouge.

— Hé !

Il ne fallut pas le lui dire deux fois. C'est drôle, Marcel n'avait pas réalisé, jusqu'alors, à quel point il avait besoin de compagnie.

— Ah, si vous me prenez par les sentiments, sourit-il.

Alors, le vieil homme traversa la rivière avec son sac à dos, en prenant soin de ne pas renverser sa boîte de maquereaux au vin blanc. L'eau était si froide qu'on aurait dit qu'elle grouillait de couteaux, mais il s'efforça de ne rien montrer.

— Ça va me requinquer, votre pétrole, dit Marcel lorsqu'il fut arrivé de l'autre côté. C'est que, votre Loire, elle m'a mis dans un sale état.

— Allez..., dit le pêcheur en lui servant un verre.

Marcel remercia son hôte et se prépara pour la grande conversation, les questions. Qu'est-ce que vous faites sur un banc de sable, la descente de la rivière, vous êtes d'où sinon, etc. ? Mais rien ne vint, à part une tranche de pain que le pêcheur avait coupée avec son canif. Il déplia pour son nouveau compagnon un vieux siège à moitié rouillé. Le labrador regardait Marcel avec des yeux tranquilles. Il devait avoir l'habitude. Ou alors il était trop vieux pour moufter. Plusieurs fois, Marcel essaya d'engager la conversation.

— Alors, la pêche ? Ça mord ?

Mais l'homme était avare de paroles :

— Brochets, hum... Buses, offff. 'tite saison, hum.

— Vous êtes tranquille, ici, hein. Un beau petit coin que vous avez là.

— Mmm. Ah çà.

— Vous venez souvent ?

— Pas moi qui décide. Le poisson…

Et le pêcheur mit le nez au vent, regarda le ciel, assez longtemps pour que Marcel se demande s'il fallait en attendre quelque chose, puis enfin l'homme revint sur terre et caressa la tête de son chien.

— Pis le chien… hein, chien.

Le chien tourna la tête lentement.

— Faut pas être pressé, dit le pêcheur. À vot' santé.

La friture qui grillait sur un petit réchaud du côté de la caravane sentait bon. Pain, beurre, friture, jaja. Les deux hommes s'installèrent dans les sièges pliants. Marcel remercia son hôte et lui dit que c'était fameux. Ce dernier, pour toute réponse, fit un petit signe du menton que Marcel interpréta comme un « de rien, maintenant on se tait ». Alors il se tut et imita le vieux chien qui regardait passer la Loire.

Elle était belle, tiens, cette Loire. Le soleil commençait juste à mettre des paillettes dans l'eau et à réchauffer les courbatures. Derrière les arbres et le petit muret de pierres qui les séparaient de la route, une voiture passait de temps en temps. Sinon, les oiseaux, les arbres, le vent. Marcel sentit ses muscles se détendre un peu. « Non, se dit-il, cette voix sournoise et obscure qui me dit que je ne suis pas digne, ce n'est pas la Loire. Elle est bien trop belle pour ça. »

Soudain, le labrador se manifesta. L'homme et le chien se regardèrent, puis le pêcheur se pencha pour aller chercher quelque chose dans la glacière. Ce qu'il en ressortit fit hausser les sourcils de Marcel : des tubes d'homéopathie. Le pêcheur fit tomber trois petites billes de chaque tube et les donna à l'animal, en disant « chien, chien ». Marcel regarda longuement la bête mâcher ses granules tout en observant la rivière. Il voulut demander pourquoi le chien suivait un traitement, mais n'osa pas déranger le pêcheur, qui sirotait son vin rouge. Au bout de quelques minutes, le pêcheur dit :

— Ménisque. Jaja ?

Marcel se demanda un instant si c'était le nom du chien, mais conclut que c'était la réponse à la question qu'il n'avait pas posée et tendit son verre pour une lichée supplémentaire.

— Hop !

Ils se turent à nouveau, les hommes et le chien, laissant la causette aux oiseaux. Marcel pensa que, peut-être, il était temps de prendre congé de ses hôtes muets, puis se ravisa. Il était mieux ici que sur son banc de sable. Après tout, son aventure s'arrêtait là, il avait déclaré forfait, ça ne servirait à rien de se presser.

Et, en un instant, l'humeur de Marcel changea du tout au tout, à l'image de ce décor sauvage qui s'éclairait quand le soleil sortait de derrière un nuage, l'avenir devint limpide. C'était comme si la brise était arrivée jusqu'entre ses oreilles et avait tout rafraîchi, tout balayé sauf l'essentiel. La solution était là depuis le début, et pourtant il s'était obstiné. Une phrase glorieuse tambourinait à ses oreilles : « Mais pourquoi je m'emmerde ? »

Il s'enfonça un peu plus profondément dans le fauteuil pliant, heureux du désastre qu'il venait d'éviter. Et dire qu'il avait été à deux doigts de passer à côté. Que même lui, un expérimenté de l'existence, paf, elle était là, l'évidence, à portée de main, qu'elle aurait pu lui botter le cul, qu'il l'aurait même pas vue. Il avait fallu qu'il tombe sur ce prophète en cuissarde, ce mangeur de pâté de foie et homéopathe d'eau douce pour la voir clairement. Il avait laissé filer ces quatre derniers jours, aveuglé par un projet à moitié cuit, il n'avait pas compris que c'était ça qu'il cherchait : la liberté.

Alors Borée, le petit vent venu pour l'occasion, ainsi que le chien, les oiseaux, les poissons et tout le toutim, les cygnes sauvages et les castors qui pourtant ne sont pas très fins, retinrent à ce moment leur souffle. Fallait-il y croire, un homme dans ce siècle, un deuxième, qui prendrait le temps de vivre, au gré des saisons comme le reste de la Création, fallait-il vraiment y croire ?

Eh non. Marcel avait décidé qu'il descendrait le reste de la Loire en canoë. Histoire d'aller plus vite. Histoire d'arriver avant le jour prévu dans son tableau Excel. Grand couillon.

21

Marcel faisait le zouave dans un canoë. Paul cherchait à comprendre l'univers dans son grenier. Arminda essayait de démêler son histoire avec son poissonnier. Jacqueline préparait un festin en cachette et Nane était occupée à être Nane. Et Mathis, que faisait le petit Mathis pendant ce temps ? Il me regardait de près. Et ce qui était drôle, c'est qu'il s'intéressait à moi précisément au moment où moi je ne m'intéressais plus à qui que ce soit. Excepté à une certaine petite tortue.

La Petite Tortue est, comme moi, de la famille des *Nymphalinæ*. Les hommes l'appellent aussi *Aglais urticae*, du nom d'Aglaé, l'une des trois Grâces, et ce n'est pas moi qui les aurais contredits. Ni Mathis, d'ailleurs. C'est lui qui l'aperçut le premier. Il ne se serait pas arrêté devant un Myrtil, il y en avait plein le jardin. Mais une Petite Tortue, à l'île d'Yeu, c'était devenue bien rare – je n'en avais jamais vu. Avec ses ailes orange, ornées de demi-cercles bleus et de taches noires bordées d'or, Aglaé émerveillait tous les résidents du jardin, à ailes ou à pattes. Elle ressemblait à un papillon des jeux de Memory que Mathis affectionnait. Soudain, comme hypnotisé, je la suivis, frôlant les herbes, imitant son papillonnement. Nous nous reconnûmes. La parade nuptiale qui suivit, si elle fascina Mathis avec sa chorégraphie gracieuse, me rendit aveugle à tout ce qui se passait autour de nous. Aglaé, heureusement, veillait au grain, me soulevant parfois dans les airs si Mathis s'approchait trop. Mais, pendant plusieurs heures, ou plusieurs jours, qu'en sais-je, tout ne fut que jolies fleurs. C'est grâce à ces moments infinis que je compris soudain, dans une clarté fulgurante, pourquoi j'étais né papillon.

Mais assez de mes batifolages, revenons à nos amis américains. Eugene (prononcer Ioudjine) et Cindy, n'étaient effectivement pas des relations comme les autres. Ils étaient excentriques, bien entendu, comme tous les invités de Nane. Eugene, cinquante-cinq ans, avait été tour à tour journaliste, poète beatnik, batteur dans un groupe de rock, marchand de biens et restaurateur, et tenait à présent une librairie-café dans le quartier de Greenwich Village. Cindy, sa deuxième épouse, d'origine japonaise, était traductrice de romans anglophones en japonais. Mais, pour Jacqueline, c'étaient des amis américains férus de littérature. Jacqueline avait pris des cours d'anglais ces dix dernières années et nourrissait depuis l'adolescence une fascination pour New York. Et, au fil des ans, elle était devenue experte en grande littérature américaine – Perpétue aurait pu le confirmer. Jacqueline était donc silencieusement, fabuleusement impatiente de les rencontrer. Et puis elle pourrait enfin impressionner Nane. La belle aubaine !

Elle se jeta corps et âme dans la tâche, ce qui se révéla un antidote encore plus puissant que l'atelier contre les pensées vénéneuses. Les mots d'Arminda éructaient encore parfois dans son esprit et, dans ces moments-là, la vieille dame élégante se mettait à parler entre ses dents. La Portugaise, elle avait quitté son mari par-dessus la jambe et s'était jetée dans les bras d'un autre, et elle appelait ça vivre sa vie ? En plus, elle voulait une médaille pour son courage ? Les jeunes ne comprenaient rien. La colère soudaine de Jacqueline se tournait ensuite vers son mari : pourquoi Marcel ne l'appelait-il pas ? Lui non plus ne semblait pas pressé qu'elle rentre. De toute façon, c'était sa faute, tout ça. Puis elle repensait au déjeuner des Américains, et elle recouvrait son calme. Pendant trois jours entiers, ses livres et sa correspondance restèrent intouchés sur sa table de chevet alors qu'elle courait les rues de Port-Joinville pour les ingrédients d'un déjeuner parfait. Elle voulait composer, pour l'occasion, une table champêtre. Pour les amis américains, elle voulait une ode à l'élégance française, un raffinement simple et sans effort, du blanc, des nappes anciennes, des produits frais de l'île, de la jolie porcelaine et des fleurs sauvages. Dans le dos d'Arminda, elle choisit dans le vaisselier qui sentait le vieux bois la vaisselle, le cristal, l'argent et le linge brodé. Rien de trop clinquant, bien sûr. Pendant trois jours entiers elle griffonna, raya et refit des listes sur un petit carnet. Le menu, d'abord : il serait léger. Car, malgré ce que Nane pouvait prétendre, Jacqueline savait de source sûre que les Américains étaient soucieux de leur ligne et des calories. Elle concocterait donc ce qu'on pouvait presque appeler sa spécialité : un poulet rôti au citron et aux courgettes, avec une sauce légère et des graines de pavot pour parfaire l'ensemble. En entrée, elle avait d'abord pensé à du pamplemousse au quinoa (cent quatre-vingts calories) ; mais, de peur de voir tomber sur son entrée au tofu et à la crème de soja les foudres de Nane, elle opta pour une salade de tomates cœur de bœuf bio avec de l'huile d'olive, du gros sel et du basilic.

Le dessert était une autre histoire : c'était son hommage à Nane. Il fallait donc qu'il fût riche en chocolat et spectaculaire. Dans les innombrables livres de recettes qui ornaient les étagères de la cuisine de la villa Jolie-Fleur, aucune ne convenait : elles étaient toutes désespérément vieillottes. Jacqueline voulait pour l'occasion quelque chose qui fût contemporain et qui ressemblât à une pâtisserie parisienne. Elle savait ce qu'elle voulait, elle l'avait vu un jour au restaurant dans l'assiette d'une autre : une mousse au chocolat tenant debout comme un gâteau.

Alors, pour l'occasion, elle se rendit à Port-Joinville, à la Maison de la Presse. Elle feuilleta les nouveautés dans le rayon cuisine et trouva un livret avec de belles photos intitulé *Desserts tout chocolat*. À chaque page, à chaque superbe photo de dessert minimaliste survenait dans l'imagination de Jacqueline un compliment américain : *Yummy ! Superb ! Delicious !* Et enfin le mot vint avec la recette : *Scrumptious*. Oui, *so absolutely scrumptious*, cette mousse au chocolat qui flottait sur une assiette plate, cette tour ovale au contour parfait et lisse, avec la cuiller en argent qui l'avait entamée pour prouver aux yeux incrédules que c'était bien une mousse. Ce dessert au chocolat, qui défiait les lois de la gravité pour le plaisir des papilles et surtout des yeux, était fini par une touche étonnante : une pensée. Une fleur comestible. Bien sûr, en France, on dégustait les fleurs, *didn't you know ? An acquired taste, for sure.* Oui, ceci était le dessert autour duquel on parlerait de Paul Auster, de John Irving, de Cormac McCarthy et on deviendrait amis. Alors, l'esprit préoccupé par des pensées comestibles, elle se dirigea vers le marché pour continuer ses courses.

Le jour J, Jacqueline était réveillée à cinq heures.

À huit heures, alors qu'elle s'affairait dans la cuisine, Arminda arriva en nuisette pour se faire son café. La vieille dame lui demanda sans trop la regarder si elle pouvait emprunter l'appareil photo de Nane qui traînait sur la commode du salon. À peine réveillée, Arminda grommela un oui. Jacqueline ne le lui dit pas, mais elle voulait prendre des photos de sa table pour les envoyer à Perpétue, son amie et correspondante béninoise, qu'avec ces histoires d'atelier et d'amis américains elle avait totalement délaissée.

À dix heures, tout était prêt mais rien n'était prêt. Il y avait des choses qu'elle ne pouvait faire qu'avant de passer à table, et c'était pour Jacqueline un stress colossal qui lui faisait battre le cœur bien trop vite. Les ingrédients attendaient l'heure du déjeuner dans des récipients dont elle avait délicatement essuyé le bord souillé. Le vin avait été choisi, ainsi que les fromages affinés, le beurre à la fleur de sel, les croquises et le pain aux noix. Tout était là, et tout était en ordre, et pourtant Jacqueline ne cessait de relire ses listes raturées. La mousse au chocolat était prête elle aussi, et réussie ; corsetée dans des ronds de papier sulfurisé telle une ballerine de l'opéra Garnier, elle devait patienter au frigidaire deux heures ou plus. Les fleurs choisies avec grand soin chez le fleuriste avaient été arrangées dans les petits vases en cristal. Sur la terrasse, la table était prête, superbe, élégante et champêtre. Jacqueline égrenait mille petits pas nerveux entre la terrasse et la cuisine. Un raffinement tranquille, sans effort.

Et, enfin, quelques heures plus tard, Arminda dit :

— Je crois bien que les voilà.

22

— La plupart des étoiles meurent dans un murmure. Notre Soleil s'évanouira dans un souffle. Mais les supernovæ partiront dans le bruit et la lumière.

Apéliote ne parlait pas souvent, mais il ne se souciait jamais de savoir si on voulait l'écouter ou pas. Je n'étais pas le seul à regretter qu'il eût choisi cet instant, parmi tant d'autres, pour venir nous faire ses confidences. Il continuait sans s'interrompre, et il fallut bien le suivre derrière le petit muret pour écouter.

En explosant, une supernova donne naissance à des atomes si lourds que même le Big Bang n'aurait pas pu les imaginer : l'or, l'argent, le platine, tout ce qui brille et tout ce qui a brillé. Parfois la supernova engendre d'autres étoiles. Car, à l'heure de sa gloire, la supernova n'est que lumière. Tout, soudain, ce grand tout infini, tout est illuminé.

Et Apéliote riait car il disait que les hommes, ces hommes qui savaient tout, ne comprenaient pas le pourquoi de cette énergie, ce chaos, cette lumière. (Je me demandais bien l'importance que pouvaient avoir ces considérations philosophiques quand, à l'autre bout du jardin, se jouait une rencontre capitale. Mais je décidai de calmer mon impatience et de faire confiance à Apéliote qui, en général, ne parlait pas pour ne rien dire.)

Le pourquoi de toute cette lumière ? Il y avait des théories, des arguments, des débats, des pages dans ces publications scientifiques qui couvraient le bureau de Paul. Récemment, on avait beaucoup parlé de neutrinos, ces particules exotiques qui peut-être donnaient ce souffle sublime à l'étoile mourante. Paul, dans son grenier, essayait de croire à l'intervention divine, mais en était-il vraiment persuadé ? Paul cherchait les réponses.

Mais pas ce soir, car il revenait de l'hôpital, et ce n'était pas le moment de rire de l'ignorance des hommes et de la grandeur du ciel. Ce soir, Paul avait peur de la mort, de la sienne et de celle des autres. Peur des adieux qu'il faut dire aux compagnons et peur du vide qu'ils laissent dans leur sillage. C'était bien beau de connaître les chiffres de l'infini et de se dire qu'on est tout petit. Mais, si on est si petit, pourquoi cette douleur si grande ?

À peine avais-je commencé à me demander pourquoi Paul était allé à l'hôpital que je m'aperçus qu'Apéliote avait disparu. Et plutôt que de me hâter vers la terrasse, je m'installai sur un chardon. Quelque chose m'intimait de m'arrêter, de regarder ce nouveau jour de juillet qui se dessinait au-dessus de l'île. C'était une évidence, quelque chose que j'avais toujours su, mais soudain mon être tout entier jusqu'au bout de mes ailes devenues immobiles en était profondément, infiniment conscient : bientôt l'été serait fini et m'emporterait avec lui, comme il emporterait Aglaé. Bientôt, très bientôt, je ne serais plus qu'une poussière irisée emportée par les vents.

23

Zéphyr profita de mes ailes immobiles pour venir me souffler un mot sur Marcel. Qu'avaient-ils, aujourd'hui, les vents, à être si volubiles ? Je le priai de se hâter.

Marcel s'était arrangé pour récupérer un canoë à Retournac, qui était à quelques jours de marche.

Il marchait sur les petites départementales bordées de pissenlits, où parfois passait un tracteur ou la voiture jaune du facteur. Il marchait dans les sous-bois et ses chaussures de randonneur faisaient craquer les branches mortes. Il marchait sur les pelouses, au bord des falaises, sur les gravillons, sur les galets près de l'eau. Il marchait et enfin se sentait plus léger, pour plusieurs raisons. Primo, la fabuleuse machine à descendre la Loire inventée par MM. Le Gall et Charon avait fini sa courte carrière dans la poubelle sur la place de l'église d'Arlempdes. Et, secundo, ses muscles semblaient enfin avoir pris le rythme. Résultat, Marcel pensait de moins en moins à ses douleurs.

Il avait d'ailleurs, petit à petit, fait de la place dans sa tête. Parce qu'il y avait tellement de choses à voir sur le chemin qu'il fallait bien que toutes ces nouvelles expériences s'installent quelque part. Il aurait pu en écrire, des cartes postales, Marcel, avec tout ce qu'il voyait. Des nuages qui dessinent leur ombre sur les prairies, des cerisiers en fleur qui s'éparpillent dans le vent et des clochers qui ondulent dans la Loire. Mais, finalement, ce qui comptait sur cette route, c'était l'homme. Et l'homme changeait.

Chaque pas chassait l'inessentiel, le pressé, l'anxieux, l'insatisfait. Le temps semblait déserter les jours. Non pas qu'il rajeunissait ; mais c'était l'idée de l'âge qui prenait un coup de jeune. Car, finalement, l'âge ne comptait plus. Les paysages, la vie, tout ça : il ne les voyait plus défiler, il était dedans. Et, ma foi, il y était plutôt bien.

Enfin, il arriva à Retournac et prit possession d'un canoë flambant neuf. Sa dernière rencontre avec pareil engin remontait à une trentaine d'années. Mais Marcel était corps et âme dans l'aventure : rien ne pouvait plus l'arrêter, sûrement pas quinze kilos de bois précieux – ou le mauvais temps qui s'était invité pour son premier matin en canoë. Qu'à cela ne tienne, vers les sept heures, il mit un pied confiant dans son vaisseau, flottant sur la Loire ouatée de brume. Mais il se souvint trop tard que l'embarcation était instable et se retrouva vite à gesticuler dans l'eau froide.

Et puis quelque chose d'autre arriva et vint troubler ses pensées : le brouillard s'était posé sur le fleuve.

Marcel parvint à remonter dans le canoë et à glisser dans la brume, dérangeant un héron cendré qui s'enfuit à tire-d'aile. Hormis le feu qui s'emparait de ses épaules et le vêtement qui le glaçait, le corps du vieil homme devint plus serein. Il éprouva un contentement nouveau, celui d'aller dans le sens du courant. Mais le bonhomme à l'intérieur du corps, lui, détectait dans les coins ombrageux de sa pensée le retour de cette angoisse mystérieuse. Ce n'était pas la Loire qui lui disait qu'il était ridicule et insignifiant, non, c'était autre chose. Il essaya de faire disparaître le fantôme à coups de pagaie, en vain. Les dernières maisons de Retournac disparurent et il se retrouva seul, comme à l'intérieur de ce fleuve gris, caché de l'activité de la Terre par les hautes ronces de la berge.

Les bruits émanant du fleuve se révélaient différents de ceux de la route – ou était-ce Calcias qui s'était remis à faire de mauvais tours ? Il agaçait les peupliers qui accompagnaient chaque coup dans l'eau d'un chuchotement de mauvais augure. À mesure qu'il avançait, ses vieilles mains agrippées à la pagaie, Marcel ressentait davantage cette inquiétude aiguë. Puis, après un barrage, il fut convaincu d'une évidence : on le suivait. Il regarda autour de lui, l'eau en amont, l'eau en aval, le mauvais temps en haut, l'obscurité en bas : il n'y avait pas âme qui vive sur cette rivière. Il fallut encore beaucoup de kilomètres et l'arrivée du crépuscule pour qu'il aperçoive l'ombre de celui qui le suivait : le grand héron cendré.

Marcel s'arrêta sur un banc de sable. Il sortit en hâte son barda, et chercha des branches pour faire du feu car il s'était mis à grelotter. Il enfila un pull en polaire humide. Enfin les flammes crépitèrent et il s'installa. La chaleur du brasier faisait onduler la rive opposée et, au milieu des cendres qui montaient vers le ciel, il vit que l'oiseau le regardait toujours. Ses pupilles sombres, perdues dans le trait noir qui rayait sa tête blanche, semblaient faire taire toute la nature autour de lui.

Marcel ouvrit une boîte de thon à l'huile et essaya de se réchauffer en mangeant. Puis il s'allongea, frémissant de fatigue. Mais c'était comme s'il glissait toujours sur le fleuve. Et, malgré le sommeil qui tiraillait sa tête, toujours son regard retournait à l'oiseau. Il n'avait pas fui, le grand ailé, malgré la nuit qui tombait sur lui. Le vieux vaillant avait essayé de devancer la peur pendant trente kilomètres. Mais elle ne se laissait pas abattre, et à présent elle était lovée dans les yeux du héron. Et du cocon tremblant de sa solitude, Marcel vit avec horreur sortir des yeux de l'animal Dieu Lui-même.

Car c'était Dieu qui avait tout écrit. Il avait composé ligne par ligne jusqu'à la moindre virgule, les années à Erquy, sa carrière, ses douleurs, ses joies, ses analyses médicales, son mariage avec Jacqueline, ce confort dont il avait profité. Marcel avait navigué sur une rivière tracée qui allait vers le grand océan ; mais un jour il avait voulu écrire ses propres lignes. L'idée de cet exploit absurde qui avait germé sous l'armoire du salon, Marcel le savait à présent, était dangereusement hors sujet. Pas prévue au programme de sa vie. Cette ombre nauséabonde revenait lui dire qu'il faisait fausse route, qu'il n'était pas à la hauteur de son rêve, pauvre petit homme prétentieux... Cette ombre, c'était Dieu, et il allait mourir.

Alors il attendit, tremblant de froid. La mort tardait à venir. Il était toujours là, à soixante-seize ans, dans cette eau sombre et glacée, accroché au regard d'un oiseau, à se demander quel avait été son destin. Et à se demander, les larmes prêtes à jaillir, s'il ne devenait pas fou.

La Loire s'était transformée en Cocytus, rivière des lamentations. Mais, quand il ouvrit les yeux à nouveau, ne se rappelant pas les avoir fermés, le soleil teinté d'aube faisait briller le fleuve. Les oiseaux chantaient à tue-tête et un homme perché sur un tracteur lui faisait signe de la main depuis le pont qui allait à Margeaix. Le héron était parti.

Le bon Dieu qui lui offrait ce paysage baigné de lumière ne pouvait pas être la voix obscure dans son crâne. Qui était-ce, alors ?

24

Zéphyr m'accompagna jusqu'à la terrasse. Les invités étaient arrivés. Eugene, le mètre quatre-vingt-quinze légèrement bedonnant et les cheveux blancs en catogan, remplissait l'entrée de sa voix énorme. Cindy, impeccablement maquillée, coiffée et manucurée, et dont l'élégance s'achevait sur des baskets d'un blanc éblouissant, sortait ses cigarettes menthol de son sac à main Louis Vuitton tout en souriant à l'assemblée.

— Ah, *here is my cousine Jacqueline*, dit Nane. Jacqueline est arrivée chez moi il y a trois semaines après cinquante ans d'absence en me disant : « J'ai quitté mon mari et j'aime bien la couleur de tes volets : c'est du céruléen ou de l'indigo ? »

— Nane, arrête tes bêtises, fit Jacqueline, embarrassée. *How do you do ?*

— *Hello ! So nice to meet you. I'm Cindy.*

— Vous n'êtes pas la première à vous réfugier chez Nane, dit Eugene dans un français approximatif.

— C'est bien simple, enchaîna Nane. Tous ceux qui savent pas ce qu'ils cherchent, ils viennent le trouver chez moi. Y en a même qui y ont trouvé la foi. Ils ont dû chercher dans les coins où je vais pas. Enfin la maison est grande. Voici Arminda, qui est presque comme ma fille.

Cette dernière tendit la main dans un sourire timide.

— J'espère que vous avez faim, les interrompit Jacqueline, parce que j'ai préparé une petite collation – *a light lunch. Over here, please.*

Elle mena les invités sur la terrasse. Cindy et Eugene s'émerveillèrent (*ooh, the lovely table*), puis posèrent en vrac sur la table leurs paquets de cigarettes, deux téléphones portables et un briquet Harley-Davidson. Nane ajouta un ouvre-bouteille Coca-Cola et un cendrier en aluminium. Puis Calcias commença à jouer des tours, alors Nane déplaça les vases vers les coins pour maintenir la nappe. En quelques secondes, la table était devenue désordonnée et avait pris des airs vulgaires. Jacqueline sentait l'angoisse monter mais se précipita dans la cuisine pour aller chercher les plats.

Quand elle revint avec les entrées, elle se mit à poser mille questions à Cindy et Eugene. Où habitaient-ils ? Où sortaient-ils ? Quelle musique aimaient-ils ? Que se passait-il à New York ? C'était un véritable interrogatoire auquel se prêtaient les invités, même si Jacqueline les interrompait souvent pour placer telle ou telle information sur New York. Nane, qui s'était accommodée du mutisme de sa cousine, se réjouissait qu'enfin elle participât à la conversation, même si l'effort semblait l'essouffler considérablement. Jacqueline s'enhardissait jusqu'à placer quelques bons mots. Nane ne put s'empêcher de remarquer que son langage était plus coloré que d'habitude. Elle se demanda aussi à qui ces traits d'esprit étaient destinés car ni Eugene ni Cindy ne possédaient un niveau de français suffisant pour les comprendre, et la vélocité à laquelle ils étaient articulés n'arrangeait rien.

J'étais arrivé au moment où elle servait le poulet. Jacqueline se lança corps et âme dans un éloge de la culture américaine. Elle s'emballait et s'emballait encore. Son monologue exalté laissait si peu de place à quiconque aurait voulu parler que les invités commencèrent à regarder du côté de Nane qui, elle, sentait que quelque chose ne tournait pas rond.

— ... Toute ma vie j'aurais aimé aller à New York, continuait Jacqueline, mais mon mari, ah vous savez ce que c'est les maris, toujours dans leurs pantoufles, alors que moi, mon grand rêve, c'est d'aller voir Central Park et le Metropolitan Museum, oh, le Met ! J'ai entendu que la nouvelle aile américaine avait été rouverte après deux ans de rénovation ? J'adore le mobilier américain...

Elle continuait son soliloque et, entre les phrases, elle riait un peu fort. Arminda avait commencé à sourire de ce spectacle ridicule, et Jacqueline l'avait remarqué. Pourtant, elle poursuivait :

— ... J'y serais bien allée toute seule, ce n'est pas d'acheter le billet d'avion qui pose un problème, mais une femme, à l'époque, ne laissait pas son mari seul. Ce n'est pas comme les jeunes de maintenant qui sont indépendants, n'est-ce pas, Arminda ? Dites, votre petit ami poissonnier, il vous laisse faire ce que vous voulez, non ?

Arminda se raidit, mais avant qu'elle puisse répondre, Jacqueline en était déjà au prix des loyers de Manhattan, suivi des excentricités de Norman Mailer et du rôle de l'éditeur dans le style de Raymond Carver.

Après le fromage, Nane semblait perdue dans ses pensées, Arminda ruminait et roulait des yeux noirs, et les invités ne se contentaient plus que de sourire poliment. Jacqueline, elle, était littéralement épuisée. Elle se rendit compte qu'elle n'avait rien avalé depuis cinq heures le matin. Elle se demanda aussi si le poulet avait été assez cuit. Puis elle remarqua la tache de vin sur la nappe, ce pain décevant, une serviette froissée qui gisait par terre – et soudain elle sentit un gros caillou dans son ventre.

— Eh bien, si tout le monde a fini, déclara-t-elle avec une gaieté forcée, je vais chercher le dessert. J'espère que vous aimez le chocolat…

— J'adowe le chocolat, fit Cindy qui enfin pouvait en placer une.

— Ah, ce sacré dessert ! fit Nane. Depuis le temps qu'on en entend parler… Arminda, aurais-tu vu l'appareil photo, ma belle ? Je ne veux pas rater Jacqueline quand elle sortira de la cuisine, car m'est avis que des occasions comme celle-là il n'y en aura pas beaucoup.

Arminda lui répondit que sa cousine l'avait emprunté et qu'il était probablement toujours dans le bungalow, mais Jacqueline ne releva pas, se dirigeant sans un mot vers la cuisine. Alors Nane décida d'aller le chercher toute seule.

Pendant ce temps, Jacqueline sortit délicatement du frigidaire les six assiettes de porcelaine et leurs mousses corsetées. Je la vis y déposer les fleurs, qui avaient l'air si ridiculement frivoles à présent. Puis, délicatement, elle détacha le papier sulfurisé. À mesure qu'elle enlevait le bandage, ses yeux s'agrandissaient et tout se figea. Les voix sur la terrasse furent submergées par ses tympans qui battaient tels des tambours fous. Elle mit sa main contre sa bouche comme pour arrêter un cri et se laissa tomber sur un tabouret. Sur la porcelaine gisait une mousse informe qui, tel le goudron des marées noires, débordait sur le bord fleuri de l'assiette et engloutissait les pétales délicats. La mousse était ratée.

Ratée.

Comme ses rêves de littérature. Comme ses rêves d'enfants. Comme ces dîners où elle n'avait pas brillé. Comme ces réunions de famille où l'on se taisait. Comme son mariage. Comme le moment où elle avait fui. Comme ce jour de 1953 où elle n'avait pas fui. Comme tant de jours et comme la somme totale de ces jours. Comme ces mots qu'elle n'avait pas su dire à Marcel. Comme cette vie de femme au foyer. Comme ce foyer abandonné. Comme cette idée de retrouver un peu de sa jeunesse à soixante-treize ans. Comme l'amour de sa mère. Comme être sur cette île qui n'était pas la sienne. Comme être femme. Comme prétendre être une autre. Comme sa vie et comme ce visage qu'elle avait mis du temps à maquiller ce matin, ruiné par les larmes qui débordaient.

Soudain, la cuisine fut prise d'assaut par les torchons sales qui pendaient aux crochets hideux, l'odeur d'oignon traînant comme un clochard fainéant et la poisse graisseuse collant aux plinthes. Aidés par l'angoisse qui dégoulinait partout, d'un coup ils levèrent le rideau sur l'indigne absurdité de cette nouvelle vie à peine née : la vieille dame au centre de la pièce découvrait qu'elle ne pouvait pas remonter le temps.

Jamais elle ne serait Nane, malgré ces souvenirs qu'en quelques semaines elle avait appris par cœur. Elle pouvait bien s'asseoir dans ses fauteuils, lire ses livres et jurer ses grands dieux… – c'est ce qu'elle avait fait, n'est-ce pas ? Pouvait-elle avancer l'excuse de ne pas s'en être rendu compte ? –, elle était condamnée à rester la même qu'avant. Cet avant qui commença le 23 septembre 1953, ce jour dont elle n'avait jamais pu parler.

Elle ne les avait pas dits tout haut, ces mots, non. Mais ses lèvres les avaient prononcés, perdus entre les sanglots, et ils devaient dire des choses bien tristes. Bien tristes, se dit Mathis, un peu apeuré, caché derrière la porte.

Pendant ce temps-là, Nane cherchait l'appareil photo dans le bungalow de Jacqueline. Elle le trouva. Mais elle trouva aussi la bergère d'albâtre, dont les débris éparpillés au fond du tiroir avaient viré au rose.

25

Apéliote chatouillait les mûriers près de l'entrée. Je voulus l'ignorer, mais il m'appelait, car il partait et revenait soudain, soulevant parfois la poussière du petit chemin. Je le suivis et il m'entraîna jusque dans la clairière de pins près de la plage des Ovaires. J'étais sur le point de faire demi-tour, quand enfin il balbutia. C'était au sujet de Paul.

Le vieil homme était rentré un soir chez lui. Il avait allumé, comme tous les soirs, ses ordinateurs et ses télescopes. Il avait regardé un imprimé de la galaxie qu'il surveillait et, comme des milliers de soirs avant celui-ci, il ne vit rien. Rien que des milliers de points dans un infini lointain. Les étoiles étaient comme elles devaient être. Et ce ciel aurait été tout à fait ordinaire s'il n'avait été aussi silencieux. Depuis quelques jours, les petits bruits de la maison s'étaient tus. Alors Paul ôta ses lunettes, se frotta les yeux. Et il pleura.

Le vieux professeur de mathématiques laissa couler de grosses larmes d'enfant qui vinrent s'ajouter aux autres points célestes et firent dégouliner l'encre sur le ciel de juillet.

J'aurais aimé savoir pourquoi Paul souffrait dans son grenier, mais je savais que jamais on ne pose de questions à Apéliote. Je le suivis alors jusqu'au sommet des pins, et m'installai en équilibre sur les aiguilles chaudes. Apéliote avait compris mon impatience mais continuait son charabia.

— Si une étoile est trente à quarante fois plus massive que le soleil, son effondrement gravitationnel peut être si violent que l'étoile ne devient jamais une supernova. À la place, le noyau continue de s'effondrer éternellement, formant une chose dont la densité est presque infinie et la taille infinitésimale, avec un champ gravitationnel tel que la lumière elle-même peut ne pas s'en échapper. À la place, elle devient un trou noir.

Mais pourquoi Paul pleurait-il ? Apéliote souffla plus fort encore, si fort qu'il faisait craquer les pommes de pin et se balancer la cime des arbres. Il se prit dans mes ailes et me fit tourbillonner à pic pour enfin me poser dans le sable. Je pensais que c'en était fini de notre entrevue quand j'entendis encore :

— En Chine, les supernovæ sont appelées « étoiles invitées ». Les anciens disaient que chaque élément important dans la vie d'un homme invitait une étoile dans le ciel.

Ce soir-là était important. Et pourtant, le ciel n'avait invité personne. Sur cette énigme, Apéliote s'en alla.

Je repartis en direction de la villa. Que s'était-il passé ? Mon premier réflexe fut de penser à Marcel. Lui était-il arrivé quelque chose ? Il y avait urgence à aller voir Jacqueline.

26

— Manman, manman, manman, fit Mathis qui tirait sur la manche de sa mère. Manman, y a Jacqueline qui pleure dans la cuisine.

Arminda oublia sa colère et accourut : elle vit la vieille dame, les yeux rouges et le visage déserté par la couleur, toute frêle au milieu de la pièce.

— Qu'est-ce qui se passe, Jacqueline ?

— Il faut que vous envoyiez tout de suite Mathis à la pâtisserie, bégaya la cousine de Nane, qui s'était relevée d'un bond de son tabouret. En vélo, il en a pour une minute. Allez, Mathis, tu prends, tu prends, cinq opéras ou des forêts-noires, ou ce qu'ils ont avec du chocolat.

Et, d'une main tremblante, elle farfouillait dans son porte-monnaie.

— Oooh vous avez fait de la mousse au chocolat ! Vous devriez la mettre dans des petits ramequins, ça sera plus facile…

— Non ! s'étrangla Jacqueline. Ça doit être sur une assiette, c'est raté. Bon, Mathis, tu te dépêches…

— Écoutez, Jacq…, commença Arminda, mais elle fut interrompue par Nane qui entrait, l'appareil photo à la main.

— Qu'est-ce qui se passe, ici ?

— Jacqueline a raté son dessert, expliqua Arminda. Enfin moi il m'a l'air très bien.

Nane regarda sa cousine, qui détournait le visage pour l'essuyer avec son tablier. Puis elle posa ses yeux sur le dessert coupable. Il flottait dans la cuisine comme une urgence palpable, un danger que tout s'emballe. Sans davantage de cérémonie, Nane plongea son vieux doigt arthritique dans le chocolat.

— Mais elle est délicieuse, cette mousse !

— Non, c'est pas délicieux ! cria Jacqueline que les larmes envahissaient à nouveau. C'est pas du tout comme ça que ça devrait être, tu, tu, tu n'écoutes pas !

— Oh, maman, fit Mathis, regarde il y a une fleur dedans ! Comme dans les bouses de vache !

Instantanément, Mathis se pinça les lèvres et se rapprocha de sa mère. Du haut de ses six ans, il savait bien qu'il n'aurait pas dû dire cette sottise.

Nane et Arminda se raidirent, parvinrent à étouffer une envie de rire et tournèrent leurs yeux anxieux vers Jacqueline, toujours aussi pâle et immobile. Alors on entendit la grosse voix d'Eugene qui s'écria :

— Qu'est-ce que c'est bouse de vache ?

— C'est une spécialité locale, dit Arminda.

Nane éclata alors d'un rire énorme, généreux et contagieux et, lentement, très lentement, le visage de Jacqueline, que tout le monde observait, se transforma. Pendant un moment personne ne sut ce qu'il allait devenir. Ses yeux se fermèrent. Puis ses épaules se soulevèrent et, au milieu de cette cuisine sortit un petit rire timide, venu de loin. Arminda et Eugene souriaient sans oser faire de bruit, mais Nane et Jacqueline se regardèrent enfin et se mirent à rire, chacune à sa façon, comme deux adolescentes, et Nane enfin prit sa vieille cousine par l'épaule et la conduisit hors de la maison.

À la fin de ce repas raté, autour d'une nappe encombrée, on n'avait pas dit *scrumptious*, on n'avait pas parlé de Paul Auster mais ce n'était pas grave, parce qu'on était presque des amis. Même Arminda avait réussi à décolérer le temps du dessert, et la mousse au chocolat « bouse de vache » accédait au panthéon des recettes de la villa Jolie-Fleur. Jacqueline était invitée à New York et, malgré sa pâleur et son silence, elle souriait à nouveau.

Dans la poche de son cardigan de laine, Nane caressait les bords coupants de sa petite bergère, gardienne des secrets de l'atelier. Elle observait Jacqueline. Son arrivée sur l'île, les silences, les absences, la mascarade du repas et les larmes de la cuisine – elle comprenait à présent ce que sa cousine était venue chercher ici. Beaucoup mieux que Jacqueline elle-même qui était convaincue qu'elle était arrivée ici par hasard. Mais on n'échoue jamais sur une île par hasard. Surtout sur une île qui renferme de vieux secrets.

Mathis, lui, ne s'intéressait plus aux grandes personnes. Il regardait les insectes. Le ciel changeant semblait en être plein, comme rayé en tous sens. Il sentit que quelque chose n'allait pas. Il avait raison. Sciron avait fait irruption sur l'île. Il ricanait et son rire malveillant brouillait notre envol. Enfin il daigna se calmer pour raconter son histoire. Elle nous terrifia tous. Marcel se noyait.

27

Le soleil au couchant. Un spectacle que, depuis le début de son aventure ligérienne quelques semaines auparavant, Marcel ne manquait jamais de savourer. Il avait pris de nouvelles habitudes sur le fleuve : le lever de bon matin, un repas frugal à midi, la sieste l'après-midi et la descente à nouveau en fin de journée, jusqu'à ce que le ciel s'empourpre. Il n'avait plus peur de se laisser surprendre par la nuit ; à présent, il savait lire le ciel et monter un bivouac en un temps record. Et, ce soir-là, alors qu'il pagayait vers Tours, Marcel se perdit en rêveries devant ce ciel aux couleurs de flammes. Si bien qu'il ne prêta pas attention aux remous sombres qui l'attendaient entre les arches du pont Wilson.

Les ventres des ponts et les courants capricieux qui s'y cachaient, Marcel les connaissait. Il avait aussi gagné un instinct faisant presque de son canoë une extension de lui-même, si bien que le vieil homme n'était plus un amateur. Mais c'était compter sans Calcias. Alors que Marcel s'engouffrait dans la petite chute bouillonnante, une bourrasque violente vint lui couper le souffle. L'eau gagna tout et il fut jeté brutalement dans la Loire. La rivière n'avait plus ni queue ni tête, il était dedans et il avait beau ouvrir la bouche rien n'en sortait, il n'y avait que de l'eau qui entrait. Le canoë malmené par les flots hargneux vint alors cogner sa tête et ce fut encore tout l'univers qui perdit pied.

Sa main attrapa l'air et il essaya de la suivre : enfin sa bouche puis ses yeux se retrouvèrent à la surface, les oreilles pleines de l'écho de ce pont morbide. Il se retourna pour chercher son bateau, ou quelque chose qui lui permette de se hisser vers la terre ferme, mais il ne vit rien, aveuglé par le soleil orange. Et en un dixième de seconde il eut l'impression que le fleuve était en feu lui aussi, la lumière qui traversait les remous et la douleur de son corps tout entier se retrouvaient dans un brasier infernal. Mais, alors qu'il se débattait pour rester hors de l'eau, il fut happé vers le fond par une force gigantesque qui agrippait sa jambe et mordait sa chair. Tandis que sa poitrine se remplissait de Loire et qu'il descendait plus profond encore, il crut reconnaître au-dessus de lui, dans l'eau qui dansait à travers la lumière rouge, le visage difforme de ses ennemis qui voulaient vérifier qu'il était bien mort.

Il les avait reconnues, ces ombres rouges et déformées avec leur sourire catholique : c'étaient les témoins de son mariage, les parents de Jacqueline Darginay de Boislahire.

28

Le lendemain, un nuage gris foncé avait recouvert l'île. Chacun attendait l'orage. Les vents excités s'en donnaient à cœur joie, et le buddleia qui tanguait même les jours de beau temps se débattait avec rage. Moi, j'avais peur pour les œufs d'Aglaé, qu'elle avait cachés dans des buissons d'orties près du fourgon. Mais tout ce que je pouvais faire était de m'agripper aux grappes violettes et regarder sans moufter les drames qui se jouaient dans la villa.

Arminda était tapie dans le bureau et énervée. L'e-mail qu'elle attendait n'était pas arrivé, et ce n'était pas la faute de l'ordinateur, même si elle s'acharnait dessus. Il en allait ainsi aussi de son téléphone portable : depuis quelque temps, elle vérifiait ses textos cent fois par jour.

Elle sursauta lorsque retentit dans le couloir une voix tonitruante.

— M'dame Verbowitz, hou hou ! M'dame Verbowitz ? C'est Bernadette Tricot, hou hou !

Arminda leva les yeux au ciel et attendit que Nane aille ouvrir à sa voisine – en vain. Finalement, elle s'extirpa avec impatience de la chaise à roulettes, sortit du bureau et alla accueillir Mme Tricot, maquillée et pimpante dans un pull de maille vert pomme.

— Ah, m'dame Arminda ! Ça tombe bien, je voulais vous voir aussi.

— Bonjour, madame Tricot. Comment ça va ?

— Ça va, ça va, mais je reste pas longtemps. Dites, fit-elle, montrant à Arminda un article de *La Nouvelle République* tout crotté, froissé et taché. Ce serait-y pas le mari de la cousine à Mme Verbowitz ? Hein ? Marcel Le Gall ?

Arminda regarda la photo. Elle y vit un septuagénaire qui posait, l'air légèrement crispé, avec un gros sac à dos et une espèce de chambre à air sur le thorax près du panneau MONT GERBIER-DE-JONC.

— Nane ! Nane ! cria-t-elle.

— D'Erquy, hein ? reprit Mme Tricot. Ancien militaire, c'était bien ça qu'y faisait ?

— Nane ! Nane !

— Oh, j'ai vu ça, poursuivit Mme Tricot, j'ai dit ça, c'est le mari de la cousine à Mme Verbowitz. C'est M. Bernardeau qui m'a dit qu'elle s'appelait Le Gall. Quand j'ai vu Erquy d'écrit, j'ai dit ben ça alors, j'ai dit à mon mari, ça serait-y pas le mari à la cousine de Mme Verbowitz ? Y m'a dit c'est qu' t'as raison, si ça se trouve c'est lui. Des Le Gall en Bretagne, bon y a pas qu'un âne qui s'appelle Martin comme on dit, mais à Erquy, militaire en plus, ah mon mari il a dit ça fait pas un pli. Alors j'ai fait ni une ni deux, j' suis venue comme je suis. Oh, là là, excusez-moi, je suis toute sale.

— Dites donc, il est pas neuf ce journal, attendez voir, quel jour on est ? Il date de trois semaines !

— Ah, mais c'est une sacrée histoire, vous allez voir le travail : c'est mon frère de Tours, qu'est arrivé la semaine dernière. Figurez-vous qu'y m'a ramené des laitues qu'il avait mises dans une cagette et, dans la cagette, il avait mis du papier journal. Ce matin, je prends la dernière laitue de la cagette, et sous la laitue, qu'est-ce que je vois, Marcel Le Gall d'Erquy. Vous voyez, comme quoi, des fois… que si ça se trouve on l'aurait pas su, parce que vous le saviez pas, ce qu'il faisait ?

— Non.

— Enfin, maintenant vous le savez. Dites donc, c'est-y vrai qu'ils sont séparés après cinquante ans de mariage ? Enfin quand même, après tout ce temps, on se demande si ça vaut bien la peine, hein ? Cinquante ans… le mal il est déjà fait. Mais où est-ce qu'elle va s'installer ? Elle va s'installer chez vous, dans le bungalow, je veux dire, pour longtemps ?

— Oh, ça on ne sait pas trop encore. Bon, ben madame Tricot, je vous remercie, conclut Arminda en la poussant doucement vers la porte.

— Enfin, vous savez, je lui jette pas la pierre à votre cousine, on y a toutes bien pensé, à faire nos valises, allez. Mais qu'est-ce que vous voulez.

— Voilà voilà, bon eh bien je vous souhaite un bon après-m…

— Oooh ! Dites, l'interrompit Mme Tricot, j'y pense, là, tout de suite… Votre cousine, elle serait pas intéressée par une maison à l'année ? Parce que le fils Perchet, il veut pas s'embêter avec des locations saisonnières, et il a cette maison de libre…

— Ah bon, fit Arminda, soudain attentive.

— Oui, oui, c'est Mme Pougnet qui m'en a parlé ! Une histoire que c'est, cette maison, parce que Mme Perchet, elle est décédée, mais la fille elle veut vendre et le fils il veut pas vendre, alors du coup ça se chamaille. Enfin en tout cas, ils l'ont mise en location à l'année. C'est l'agence de l'île qui s'en occupe. C'est une jolie maison, dans une impasse près de l'église – vous voyez laquelle que c'est sur la route de Saint-Sauveur ?

— Oui, ça peut nous intéresser, ça, merci pour le tuyau. Et le journal, je peux le garder pour le montrer à Nane, vous n'en avez plus besoin ?

— Pensez donc ! Bon, je vous dérange pas plus longtemps, j' m'en vais faire à manger. J'ai encore du monde ce midi, demain aussi, ça n'arrête plus. Vous viendrez bien à l'apéritif un de ces quatre ?

— Avec plaisir, madame Tricot, je vais en parler à Nane.

— Oui, on est là tout le temps ! Bah ! Allez, à plus tard, fit Mme Tricot en s'en allant.

— Oui, au revoir et merci, hein !

À peine avait-elle refermé la porte qu'Arminda courut dans la cuisine, où elle trouva Nane, penchée au-dessus de la table et préparant une tarte.

— Elle est partie ?

Quand Arminda acquiesça, elle se redressa.

— J'ai du pruneau jusqu'aux coudes, si je sortais y en avait pour une heure. Qu'est-ce qu'il a fait, Le Gall, pour mériter d'être dans le journal ? Fais voir ça.

Arminda lui tendit le papier froissé. Nane chaussa ses lunettes, qui pendaient à son cou, et commença à lire l'article sur Marcel. Il disait qu'il descendait la Loire en hydrospeed et qu'une fois arrivé au bord de l'Atlantique, il prévoyait de se rendre à l'île d'Yeu à la nage. Elle pouffa de rire :

— Oh ben merde alors !

Mais ses yeux se laissèrent happer par des mots à l'autre bout de la page, à côté de l'article de Marcel. Et, soudain, son visage sembla se diviser encore et se figer davantage. Elle prit l'article, oubliant que ses doigts étaient pleins de pâte, le plia en vitesse et le fourra dans sa poche. Pour toute explication, elle intima à Arminda de ne pas en dire un mot à Jacqueline.

Arminda commença à objecter, mais la vieille dame lui lança un regard qui n'invitait pas au débat, avant de quitter la cuisine en hâte, laissant la jeune femme se demander quelle mouche la piquait pour qu'elle ne finisse même pas son gâteau.

29

Nous avions surpris Arminda au téléphone avec Bruno. Dissimulée derrière le fourgon Citroën, elle lui disait, en substance, qu'il ne fallait plus qu'ils se voient, car elle ne pouvait pas se permettre de perdre son emploi. Nous sentions bien sûr que tout ce qu'elle disait était en contradiction radicale avec sa volonté profonde, mais elle avait cette voix autoritaire et ce regard noir qui nous auraient presque fait douter de nos antennes. Nous pressentions donc que Bruno n'avait aucun espoir : ils cesseraient de se voir et c'était définitif. Elle raccrocha, resta quelques minutes au milieu des longues herbes sèches et s'assit sur le rebord du fourgon. Elle alluma une cigarette. C'était la première fois que nous la voyions fumer. C'était aussi la première fois que nous la voyions ne rien faire.

Jacqueline, elle, était réfugiée dans son bungalow avec ses remords. Les jours avaient beau passer, elle ressassait toujours la remarque sur Bruno, pendant ce déjeuner funeste, qu'elle n'avait pas préméditée. Elle n'avait pas pu s'empêcher de parler, sachant d'avance qu'elle courait au désastre mais s'y précipitant quand même. Cette révélation avait fait partie de ces pulsions destructrices qui la faisaient grimacer maintenant qu'elle y repensait. Et, si

Arminda était pour un instant devenue mélancolique et inactive, Jacqueline la rêveuse était mue depuis le matin par des velléités impérieuses d'activité : en l'occurrence, celles de faire ses valises et de quitter la villa Jolie-Fleur pour de bon.

Quelle folie cette échappée s'était-elle révélée être ! Elle n'avait servi qu'à mettre en péril tout ce qu'elle avait construit. Car, dans l'ivresse de ce voyage amer, tant lestée par ses actes manqués, elle avait bel et bien oublié qu'elle avait bâti une existence ! Cinquante années à construire son mariage, sa réputation, ses habitudes et sa dignité. Alors qu'elle ouvrait sa valise, tout lui manquait à présent ; sa routine patinée, les mille recoins familiers de sa maison, les chemins tout tracés... et Marcel, ce vieil ami de tous les temps. Il était urgent de rentrer, avant qu'elle ne laisse plus dans son sillage qu'un papillon mort sur un champ de ruines.

Elle en était à transférer ses tiroirs dans son bagage étalé sur le lit quand Nane entra sans frapper. Jacqueline aurait voulu s'indigner de cette irruption, mais elle n'en trouva pas le courage. Sa cousine s'affala sur la chaise à côté de la coiffeuse.

— Alors, t'as trouvé une autre île à visiter ? T'es quand même pas gonflée, parce que celle-ci, tu l'as à peine vue.

Mais Jacqueline ne dit rien.

— Si tu te fais de la bile pour Arminda et son poissonnier, reprit Nane, perds pas ton temps. Je suis au courant depuis belle lurette. Mais que veux-tu, ça l'arrange de pas me le dire, et moi je veux contrarier personne.

Jacqueline continuait de faire ses valises et ne trouvait rien à dire. Nane soupira.

— Tu veux toujours pas parler. Bon. Moi aussi j'ai décidé de causer minimaliste, alors je vais aller droit au but. Tu sais, ma belle, être heureux, c'est comme le reste : ça s'apprend.

Jacqueline leva les yeux vers Nane.

— C'est un philosophe qui disait ça, continua la cousine. Moi, je suis pas philosophe, mais j'en connais un rayon sur ce sujet-là. Et tu sais, changer de vie, c'était pas une si mauvaise idée. En plus, t'es arrivée au bon endroit. Sauf que t'es pas allée à bonne école et maintenant, tu t'y prends comme un manche. Zéro sur toute la ligne, au coin avec le bonnet d'âne. Pourtant, si tu écoutais ta vieille Nane, on en serait pas là.

Jacqueline avait encore baissé les yeux, mais s'était arrêtée net. Un long silence vint tendre l'atmosphère du bungalow. Nane se releva de sa chaise avec effort et soupira.

— Enfin, tu es assez grande pour savoir où tu vas. Mais c'est dommage de t'en aller. Comme je te le dis : t'étais arrivée au bon endroit.

Sur ces mots, elle posa délicatement les débris de la bergère verdâtre sur la coiffeuse et sortit en traînant ses vieilles savates usées.

Quelques heures plus tard, les valises à moitié faites gisaient toujours sur le lit. Assise sur sa chaise de bureau, couvant dans ses mains l'albâtre cassée, Jacqueline regardait la *Vierge de tendresse*. Mais elle ne la voyait pas. Les yeux dans l'invisible, la vieille dame contemplait quelque chose qui brillait d'une lumière timide, loin, plus loin encore que le champ de ruines. C'étaient ses dix-sept ans, qui s'accrochaient à son horizon.

Jacqueline se leva, traversa la terrasse et alla composer le numéro d'Erquy dans le bureau sombre. Elle entendit le bip du répondeur, puis sa propre voix qui résonnait. Elle annonça qu'elle restait à la villa.

Quelques minutes plus tard, Jacqueline monta dans la vieille R5 cabossée de Nane.

Depuis la cuisine, Arminda vit les deux vieilles dames partir dans un nuage de poussière en direction de l'océan.

30

Nous avions reçu des nouvelles du Bénin, mais nous ne savions quoi en penser car l'information était très incomplète. Elle nous avait été communiquée par un Flambé de passage (*Iphiclides podalirius*), qui, contrairement à ce que ses ailes blanches zébrées de noir pourraient suggérer, n'est pas originaire d'Afrique. Il avait entendu des bribes d'histoires mentionnant Jacqueline de Boislahire lors de ses voyages, et nous les rapportait avec un zèle et un enthousiasme qui ne manquaient pas de nous toucher. Les Flambés se faisaient de plus en plus rares de nos jours. On comprendra donc notre empressement à le féliciter pour ces dires, qu'en d'autres circonstances nous aurions probablement considérés comme irrecevables.

Selon ses mots, Virginie avait rendu visite à Perpétue Glele quelques jours plus tôt. L'école était finie et elle avait trouvé la directrice préparant des crêpes aux sardines dans sa maison coquette. La jeune femme se présenta avec un petit colis (aucune information sur le contenu). Nous savons que Perpétue lui proposa du café et des biscuits et que, dès que les deux femmes furent assises, le grand canapé en satin bleu et or avait commencé à grincer. Il était recouvert d'une housse transparente en plastique et le volumineux derrière de Perpétue ainsi que la nervosité de Virginie le faisaient couiner au moindre mouvement. Nous apprîmes aussi que le vent soufflait depuis le sud-ouest, que les voisins préparaient un méchoui et que Virginie repartit sans son colis. Du dialogue des deux femmes, nous ne sûmes presque rien.

Le Flambé, qui avait peut-être décelé notre déception, faisait des efforts terribles pour se souvenir du moindre détail. La façon solennelle dont Perpétue avait écouté Virginie. Les senteurs d'argile émanant des doigts de la jeune femme. Le silence de toute la maison (canapé inclus) lorsque Virginie cessa de parler tandis que Perpétue semblait réfléchir. Et, quand les deux femmes se quittèrent, le sourire de Virginie, qui avait la couleur de l'optimisme.

Nous le remerciâmes pour son intervention en le rassurant quant à son utilité. Et, lorsqu'il fut parti, de ce vol plané qui nous impressionnait toujours beaucoup, je laissai les miens se répandre en butinages et conjectures pour filer retrouver mes héroïnes.

31

Je ne les revis pas ce jour-là, car l'engin infernal de Nane allait bien trop vite pour moi et, d'autre part, je rencontrai Apéliote en chemin. Il m'apprit qu'il était retourné à l'observatoire de Paul quelques jours auparavant, mais qu'il n'avait trouvé qu'un grenier vide. Partis les ordinateurs et les télescopes, les manuels et les instruments, les imprimés, les magazines. Parties, les questions sur la lumière infinie, parties, les étoiles. Introuvable, la supernova. Tout ce qu'Apéliote avait trouvé dans la pièce vide, c'était deux sacs poubelle remplis de papiers, sa chaise de bureau et de la poussière.

Quand j'osai demander où Paul était allé, Apéliote s'enfuit. J'étais assez vieux à présent, j'aurais dû le savoir : on ne pose jamais de questions aux vents.

32

Depuis les amis américains, on n'avait pas eu d'invités à la villa.

Ce soir-là, Arminda avait eu toute la journée un air absent, baigné d'un vague sourire quand elle pensait que personne ne pouvait la voir, et elle avait annoncé qu'elle se coucherait tôt – ce qui conforta Mathis dans sa conviction que sa maman avait bel et bien perdu la boule. La journée avait été belle, et le soir promettait de l'être aussi. Depuis la terrasse, on ne pouvait voir le soleil qui se couchait mais, même invisible, il colorait tout le jardin de teintes dorées qui bientôt tourneraient au bleu. Nane avait demandé à Jacqueline si elle voulait rester un peu après le dîner pour lui tenir compagnie. Celle-ci avait accepté. Alors elles étaient là, toutes les deux, calées contre les coussins des fauteuils à regarder le jardin se couchant. Jacqueline s'était autorisé une tisane pour mieux apprécier cet instant. Mais, surtout, elle le partageait avec Nane.

— Tu sais, pour Arminda, commença Jacqueline, tu pourras lui dire…

— Arminda, si tu as un message à lui faire passer, tu le lui dis toi-même. Et m'est avis que tu as des choses à leur dire, à elle et à son poissonnier.

— Tu le sais depuis longtemps ?

— Depuis le début. Mais c'est pas mes affaires. Tout ce que je veux, c'est qu'Arminda reste à la villa. Le reste, je m'en tamponne le coquillard.

— Mais si elle a trouvé un ami, fit Jacqueline, elle ne va pas pouvoir rester à la villa *ad vitam æternam...*

— C'est bien ce que je dis : c'est la villa ou le bonhomme. Et c'est pas moi qui vais choisir pour elle. Mais je te cache pas que si c'était moi je choisirais pas le bonhomme. Pas celui-là.

— Il m'a l'air gentil, Bruno, objecta Jacqueline.

— Il me vend du poisson frais. C'est tout ce qu'on lui demande et j'aimerais bien que ça s'arrête là.

Un moustique vint ziziner près des cheveux blanc-blond épars de Nane, qui les ébouriffa pour le faire partir. Jacqueline lui remit sa chevelure en place délicatement.

— Oh il faudrait bien que j'aille chez le coiffeur, maugréa Nane, regarde-moi ce travail, on dirait une vieille folle avec cette tignasse !

Jacqueline sourit. On entendit le chant d'un coucou, puis le silence.

— Tu sais, dit-elle, j'aurais aimé être à ton mariage, mais maman me l'avait interdit.

— Ne t'en fais pas, je le savais.

— Il était beau, ton mariage. Il était gai, un peu comme les noces de maintenant. Vous aviez l'air heureux.

De peur peut-être de casser le fil fragile des confidences, Nane ne dit rien. Jacqueline regarda sa cousine, dont le profil esquissait un doux sourire. Mais nous, nous pouvions voir de l'autre côté de son visage : sa mine semblait sombre – ou étaient-ce les ombres du soir ?

— Maman n'a jamais accepté que tu partes, continua Jacqueline. Tu étais comme sa fille… Et puis, elle n'a pas souhaité qu'on invite qui que ce soit à mon mariage. Pourtant, Marcel était élégant, et moi, j'avais la robe de maman avec de la dentelle si fine…

Elle s'étrangla et ne put continuer. Nane la regarda avec son visage de travers et posa sa main sur son bras.

— Viens dans l'atelier, je vais te montrer quelque chose.

Le cœur de Jacqueline se mit à battre et la nuit à tomber.

Nane devait avoir préparé cette visite nocturne depuis quelque temps, car elle sortit la clef du placard de son cardigan. En se frayant un passage dans l'atelier encombré, elle maugréa qu'il fallait vraiment qu'elle le range car on ne pouvait rien y trouver. Mais le chemin du placard, lui, elle le connaissait. Avant que Nane n'ouvre les portes, Jacqueline lui attrapa le bras.

— Nane… Je ne sais pas ce qui m'a pris de venir fouiller ici, dit-elle. Je n'en avais pas le droit et je te demande pardon.

Les deux femmes se regardèrent dans la lumière sale du plafonnier.

— Je te l'ai dit, répondit Nane, il faut pas laisser les vieux draps pourrir dans les armoires.

Jacqueline se sentait si coupable d'avoir tenté de violer cette serrure ! Qu'importe qu'il s'agît de vieux linge ou de trésors : Arminda avait raison, on n'avait pas le droit de s'immiscer dans la vie des autres. Jacqueline était sur le point d'arrêter sa cousine et de lui dire de rentrer quand la porte s'ouvrit. Elle en eut le souffle coupé. L'espace d'un instant, l'horreur la saisit : elle voyait une tête humaine dans l'ombre des étagères.

Elle se reprit rapidement lorsqu'elle réalisa que la tête qu'elle fixait était de terre : une sculpture. Malgré tout, elle ne pouvait s'empêcher de regarder ses yeux clos. L'œuvre représentait une tête d'homme qui dort, faite à partir de plusieurs matériaux. Le détail des traits était époustouflant et il émanait du visage une sérénité absolue mêlée d'une mélancolie profonde.

— Je l'ai faite quelques jours après l'enterrement d'Aleksander. De mémoire.

Nane regarda sa cousine et lui sourit. Puis elle épousseta la sculpture et sembla se parler à elle-même.

— Elle a bien tenu, c'est étonnant. Ça fait trente ans, l'argile ne s'est pas craquelée. J'ai mis des clous, du papier journal, ils sont toujours là… Rodin avait fait une tête de jeune fille comme cela, c'était une étude. Elle n'est dans aucun musée, je l'ai découverte oubliée dans l'atelier de sa maison à Meudon. Un ami en avait la garde, il m'a laissée entrer… Le produit fini était en marbre. Mais j'ai toujours préféré cette étude que personne ne pouvait voir et qui vieillissait… Faire avec des matériaux si pauvres un visage si noble…

Et Nane, dont le visage était très nettement divisé, caressait la sculpture, pressait une tempe. Aleksander. Jacqueline sentait les larmes monter et sa gorge se nouer car elle avait enfin compris : elle connaissait par cœur toutes les photos de Nane, toutes les époques de sa vie en vrac dans les boîtes à chaussures et tout devenait clair : une moitié du visage de Nane s'était figée à la mort d'Aleksander. Elle revoyait alors les photos d'avant, celles d'après, et, presque imperceptiblement, les sourires posés des photos avaient changé.

Le masque de cette cousine excentrique, à l'allure de vieille, tomba : elle cachait son cœur malheureux dans un placard gardé par une bergère d'albâtre. Et, comme elle avait voulu la dissimuler, cette solitude affreuse, à coups de dîners et d'invités, de gouaille fière et de sagesse effrontée, une partie de son sourire s'était mue en sculpture, pour rejoindre Aleksander dans le placard fermé, tandis que l'autre faisait illusion. La sollicitude de Jacqueline était teintée de honte, et elle aurait voulu embrasser Nane comme quand elles étaient petites, la prendre dans ses bras pour lui dire que demain tout irait mieux. Mais elles étaient trop vieilles. Le jour qui se lèverait n'effacerait pas les douleurs. Ce qui était perdu resterait perdu.

Elle vit les mains de Nane délaisser la tête endormie pour explorer le reste des étagères. Il y avait d'autres boîtes sans étiquettes, et les doigts de Nane les parcoururent, pour enfin s'arrêter sur une valisette en carton. La petite serrure était toute rouillée mais elle n'était pas fermée. Nane l'offrit à Jacqueline.

— Tu trouveras peut-être ton bonheur là-dedans, lui dit-elle.

Jacqueline prit la valise et la posa sur la table à côté d'elle. Un bruit se fit entendre dans la mezzanine. Puis un bruit d'ailes. Au loin, le cri d'un hibou. Elle sentait les mots se bousculer dans sa gorge, mais ne trouvait pas le courage de les dire.

— Si tu veux, déclara-t-elle dans un élan, je peux rester ici, à la villa, avec toi. Je ne vais pas rentrer à Erquy.

Jacqueline fut surprise d'entendre ces mots dans sa bouche, et plus surprise encore de réaliser qu'elle voulait les dire depuis le premier jour.

— C'est gentil, ma belle, mais tu sais, à nos âges, on ferait mieux de pas laisser les autres décider à notre place.

— Personne ne décide à ma place.

— Si, moi. Aleksander dans son placard. Et puis tout ça, tout ce passé en vrac, là. C'est pour ça que tu veux rester. Ne t'en fais pas, j'ai Arminda.

— Arminda, elle ne va pas rester éternellement.

— Toi non plus. Et moi non plus, fit Nane.

— Tu sais, maman, elle n'a peut-être pas compris qu'Aleksander était l'homme qu'il te fallait. Qu'il était fait pour toi. Eh bien, c'est peut-être la même chose pour Bruno et Arminda…

— Te fais pas de bile. Y a de l'eau à passer sous les ponts avant que Bruno et Arminda, ça soit pareil. Elle a le temps.

— Non, fit Jacqueline, avec une fermeté qui surprit sa cousine. Il n'y a pas le temps. Tu le sais bien, Nane, qu'il n'y a pas le temps.

La voix tremblait de la promesse des larmes, mais les joues enflammées restèrent sèches. Nane tremblait aussi, fronçant les sourcils. Elle referma le placard en douceur.

— Il est tard, dit-elle. Toi aussi, tu ferais bien d'aller te coucher, t'es toute pâlichonne.

Alors elles sortirent de l'atelier et rejoignirent la nuit qui volait à tire-d'aile. Elles n'entendirent pas que, dans la mezzanine, quelqu'un avait reniflé.

Aucune des deux, ce soir-là, ne put trouver le sommeil. Surtout pas Jacqueline, qui, en ouvrant la petite valise en carton, découvrit trois photos de l'homme en noir. Elles étaient parmi les clichés de ce mariage de cousins – elle s'en souvenait à présent, c'était à ces noces que Nane avait rencontré Aleksander. Les futurs amants jouaient à cache-cache au détour des images, et Nane souriait plus que d'habitude. Mais Jacqueline revenait sans cesse à l'homme en noir. Cette fois, elle retrouvait les traits de son visage aussi clairement que Nane avait retrouvé ceux d'Aleksander. Il posait, jeune, beau et si fier d'avoir officié pour son premier mariage, si confiant dans son habit de prêtre. C'était Paul.

33

Aglaé était morte. Son heure était venue, je le savais. Tout ce qui restait d'elle, c'était une aile cassée sur le béton de l'atelier. Cet état de choses était juste. Dans l'éclosion de ses œufs ainsi que dans sa mort nécessaire se trouvait l'équilibre du monde, parfait, millénaire, naturel. Et, pourtant, en découvrant les restes éparpillés de ses couleurs qui se mêlaient à la poussière sale, il me sembla justement que la vie avait perdu l'équilibre.

Dans ce jardin grouillant d'insectes, personne ne semblait s'apercevoir que le monde comptait un papillon de moins. Alors je m'éloignai pour regagner les chemins rouges et les arbres penchés par le vent. Je m'installai sur les volets abîmés d'une cabane de pêcheur inhabitée. C'était le repaire des vents, cette plaine sèche qui se jetait dans l'océan. Elle était dangereuse pour un papillon par mauvais temps – j'étais bien intrépide de m'y aventurer avec mes ailes fatiguées. Le grand Sciron se présenta. Toujours solennel, Sciron, toujours là dans les grandes occasions. Il fit siffler l'intérieur vide de la cabane et trembler les volets. Une bourrasque me plaqua contre la peinture écaillée du bois et je me retrouvai un instant à agiter mes pattes dans le vide. En était-ce fini de moi ?

Mais quand enfin je me redressai, Sciron n'était plus là : c'est Apéliote qui m'incitait à fuir.

Je le suivis alors, jusqu'à une crique qui sentait l'algue. Lové entre les falaises, je n'avais rien à butiner et j'étais impatient de partir. Mais Apéliote ramenait toujours mes ailes vers cette crique, il voulait être entendu. Il avait vu Paul.

De l'autre côté de la mer, sur le continent. Paul était à l'heure au rendez-vous que son ami lui avait fixé quelques semaines auparavant. Mais le nageur de la Loire n'était pas là. Paul s'installa alors dans un petit hôtel-restaurant coquet. La chambre était agréable, mais la salle à manger était bruyante, car c'était un soir de noces. Alors Paul décida de prendre sa voiture pour aller voir la mer. Il arriva au crépuscule. Il faisait bien clair encore. Paul scruta l'horizon. À droite, Noirmoutier. À gauche, l'île d'Yeu, qu'on pouvait voir comme si elle était proche. Les lampadaires de Port-Joinville devaient déjà être allumés, on voyait de petits points lumineux. Paul attendit là, sur la plage. Il vit passer des couples de jeunes retraités, des solitaires avec leurs chiens, un cycliste du soir, et même quelques adolescents éméchés. Mais, quand l'obscurité s'empara de la plage et des dunes, il était seul. Il commença à déceler les étoiles familières et se dit que la nuit était particulièrement claire. Et toujours, au fond, cette bande de lumières qui délimitait l'île d'Yeu.

Alors il regagna sa voiture, ouvrit le coffre et en sortit un télescope. Les cartons de l'observatoire étaient là, des manuels d'astrophysique dépassaient de sacs de voyage. Il installa son objectif sur la dune, au milieu des immortelles, et déplia un petit siège sur lequel il posa son ordinateur portable, puis s'assit sur un autre. Et il regarda. Longtemps. De sa vie, il n'avait jamais vu un tel ciel – ou alors il ne s'en souvenait plus. Tout y était, tout était si clair et il faisait si bon ! Pas d'éclairage public, pas de pollution, le ciel se laissait lire comme au premier jour – mais point de supernova.

À une heure du matin, il sentit la fatigue et le froid crisper son enthousiasme. Il se dit que les noces devaient être bientôt terminées, aussi décida-t-il d'arrêter son exploration pour ce soir. Tandis qu'il allait ranger son ordinateur portable, un papillon de nuit vint battre des ailes contre l'écran lumineux. Il le repoussa de la main, mais ce geste fit bouger le télescope vers la gauche – de quelques millimètres. Avant de le ranger, Paul regarda une dernière fois dans la lunette. Et il vit un point qui n'aurait pas dû y être.

34

Cachés sous la voile qui couvrait la mezzanine de l'atelier, Bruno et Arminda virent Nane et Jacqueline éteindre le plafonnier et disparaître, l'une vers le bungalow, l'autre vers la villa. Bruno, allongé, fixait l'armoire fermée juste au-dessous de lui et reniflait.

— Tu vois pourquoi je te dis que c'est pas possible ? murmura Arminda sur un ton de reproche. Elle s'en remettra pas si je m'en vais !

Bruno se tourna vers elle.

— Mais enfin, tu as aussi entendu ce qu'elles ont dit ? Tu veux attendre que j'aie la gueule dans un placard pour être avec moi ? J'ai trente-neuf ans, t'en as trente-cinq. Moi, je suis bien d'accord, on n'a pas de temps à perdre !

— C'est bon, je ne suis pas si vieille…

— T'as raison, on te donnerait dix-huit ans, hein, une gamine qui a peur de dire à sa mère qu'elle a un chéri !

— Tu comprends rien, Bruno. Si je pars avec toi, je perds tout. Je perds mon emploi…

— Je ne comprends toujours pas pourquoi tu ne peux pas travailler pour elle pendant la journée et revenir chez nous le soir. Enfin, c'est toi qui la connais. De toute façon, tu peux trouver un autre job facile. Je mets une annonce à la poissonnerie, y a cinq mémés qui me sautent dessus pour t'avoir.

— Fais-moi confiance, si je pars, je perds Nane. Et je perds aussi cette maison. C'est chez moi, ici, et Mathis, c'est tout pour lui ici aussi…

— Tu ne perds pas Nane, elle fera toujours partie de la famille, y a pas de raison pour qu'elle ne vienne pas te voir.

— Et qui est-ce qui va s'occuper d'elle ?

— Déjà, j'ai bien l'impression que Jacqueline va rester un bout de temps. Sinon, elle trouvera quelqu'un…

Bruno vit qu'Arminda était triste. Il passa le bras autour de ses épaules et l'attira à lui.

— Arminda… Ma Minda…

Elle mit sa tête dans ses bras.

— Tu sais, lui dit-il en lui prenant le visage, ce que tu m'as raconté, là, le mari de Jacqueline, à soixante-seize ans, qui a quitté sa maison. Il a quitté tout ce qu'il avait pour descendre la Loire. Ça m'a fait réfléchir. Lui, il a pas eu peur. Et nous, on a peur et on devrait pas. On se dit qu'on a du temps, et qu'on fera tout ça plus tard, quand il y aura les bonnes conditions, et tout. Mais les bonnes conditions, elles arrivent jamais. Et en moins de deux on se retrouve comme lui, là, dans le placard. Ou comme Jacqueline à se dire à soixante-dix balais qu'elle a pas eu la vie qu'elle voulait. On pourrait être une famille. Toi, moi et Mathis. Maintenant. Je dis pas que ce sera plus facile, et que ce sera le paradis tous les jours. On aura une maison plus petite, on vivra pas dans le luxe. Mais je dis juste que quand je pense au bonheur c'est ce que je vois, c'est ça que je veux. Et c'est ce que j'ai voulu depuis le moment où je t'ai vue. J'y pense quand je me lève et j'y pense quand je me couche. Et j'y pense tellement quand on est comme des cons dans notre fourgon que ça m'en donne mal au ventre. C'est que je veux être avec toi et avec Mathis, être une famille. Et tout ce que t'as à faire, c'est de dire oui, et le reste ça va se démerder.

Arminda le regarda longtemps et lui caressa le visage. Oui, oui, oui, disaient tous les pores de sa peau et ses doigts et ses lèvres et tout à l'intérieur d'elle. Mais les images des années passées à la villa, les bontés de Nane et les heures heureuses de Mathis, sa fierté et un peu de peur passèrent devant ses yeux.

— Il faut que j'y réfléchisse, répondit-elle. Je ne sais pas.

Une fois sur le petit chemin, Bruno se grilla une cigarette. Il rejoignit sa moto garée derrière les fourrés et fila vers Port-Joinville dans la lumière de la lune.

35

Depuis ma rencontre avec Sciron, je sentais une certaine lassitude, une lourdeur dans les ailes, une réticence à m'éloigner de la villa. Je laissai donc un Vulcain enquêter sur la nouvelle maison. Il me rapporta l'épisode dans des détails qui me ravirent.

La vieille R5 de Nane se gara devant la maison. Il n'y avait pas encore de panneau À LOUER. Mais les fenêtres étaient ouvertes et le transistor d'un des artisans beuglait un morceau de pop américaine. On repeignait.

L'agent immobilier, un jeunot incroyablement sûr de lui malgré les auréoles de sueur aux aisselles de sa chemise bon marché, serra les mains de Jacqueline et de Nane. Il leur offrit son meilleur sourire spécial vieilles dames, qui consistait à avoir l'air du petit-fils parfait qu'elles n'avaient jamais eu. Jacqueline semblait le trouver charmant. Nane, elle, regrettait le temps où elle était assez souple pour envoyer à ce petit-fils qu'elle n'avait jamais eu un généreux coup de pied au cul. Mais son agacement se dissipa quand ils entrèrent dans la maison : elle était parfaite.

La première impression de Jacqueline, quant à elle, fut l'obscurité totale : ses yeux se remettaient à peine de l'aveuglante blancheur de la cour aux graviers clairs baignés de soleil. L'agent immobilier ouvrit quelques portes qui laissèrent entrer la lumière et elle découvrit enfin la maison. Deux chambres, un salon-salle à manger, une petite cuisine, une salle de bains, une souillarde et un petit garage. L'électricité venait d'être refaite et les artisans avaient préparé les murs pour les peindre. Mais, là où le coup de peinture n'était pas passé, on pouvait voir des décennies de poussière, la forme des meubles tatouée en négatif sur des bouts de tapisserie délavés, la crasse épaisse autour des plinthes et les chiures de mouches au plafond.

L'agent immobilier avait décelé le regard de Jacqueline.

— Ah c'est sûr qu'avant, s'empressa-t-il de dire, c'était pas jojo. C'est une vieille dame qui habitait ici, enfin je veux dire, vraiment très vieille. Vous savez ce que c'est. Mais avec une couche de peinture, on n'en parle plus ! Là, c'est la salle de bains, la douche est récente. C'est bien, les douches, c'est plus pratique que les baignoires, hein ?

Nane s'extasiait. Il fallait certes un peu d'imagination mais, une fois meublée et décorée, cette petite maison serait idéale. Tellement pratique ! Tout y était, tout était simple. Jacqueline pourrait emménager la semaine prochaine si elle le souhaitait. Elle dit à sa cousine de ne pas s'enquiquiner avec l'achat de meubles, elle pourrait lui en prêter en attendant, il y en avait plein l'atelier. Des beaux en plus.

L'agent immobilier avait bien senti que la plus vieille des deux dames était conquise. La location n'était pas pour elle cependant, mais pour l'élégante qui semblait hésiter. Il était temps d'aller derrière et de leur montrer l'extérieur, cela finirait par les décider.

Il ouvrit la porte de la cuisine et les deux femmes découvrirent un jardin. L'agent vantait l'absence totale de vis-à-vis, le calme parfait – et puis on était protégé du vent. Jacqueline regarda ce havre tranquille. Il y avait des mauvaises herbes et quelques roses trémières cassées, mais n'importe qui aurait pu jurer que, ce bout d'île, on en avait pris soin. Il y avait un petit pommier au fond, et des rosiers, et des hortensias rose et violet qui cachaient presque les murs blancs de la maison. Des dalles séparaient de petits parterres de fleurs, des pensées, des myosotis. Certaines étaient fanées, mais on pouvait reconnaître ce qu'il y avait eu avant : le sachet de graines délavé était toujours là. Devant la maison, près de la porte de la cuisine, des petits pots, des boutures de plantes grasses, des géraniums. Jacqueline regarda cette terrasse où elle pourrait lire à l'ombre d'un grand parasol et admirer les saisons qui passeraient doucement sur les pétales de roses. Pour Nane, le fait qu'il n'y ait aucun vis-à-vis, pas de Mme Tricot à reluquer ce qu'on faisait, c'était le paradis.

— Ah çà, personne ne va venir vous embêter ici, il n'y a pas plus tranquille, confirma l'agent.

Jacqueline continuait à contempler et à imaginer une nouvelle vie. Son regard suivit un petit lézard qui se faufilait entre les pots de la terrasse. Tiens, on avait oublié des outils de jardinage derrière un vieil arrosoir : un petit râteau usé, une raclette avec un manche en bois, un vieux gant. Contre le mur, oublié lui aussi mais toujours debout, un outil étrange : au bout d'un manche d'un mètre environ, on avait fixé à la ficelle une vieille fourchette. Jacqueline vit alors la vieille mère Perchet, ne pouvant plus se pencher, mais gratouillant son petit bout d'île pour le rendre joli, juste pour elle, dans ce jardin que personne ne pouvait voir. L'agent immobilier la tira de ses rêveries. Il sortit des papiers de sa chemise en plastique orange et s'adressa aux deux dames en regardant davantage Nane.

— Je ne vous le cache pas, vous êtes la première à qui je fais visiter, mais j'ai des rendez-vous pour demain. Des personnes d'un certain âge, parce qu'il ne faut pas avoir peur de le dire, hein, ici, c'est parfait pour les personnes d'un certain âge. À part la petite marche qui va au jardin et qui n'est pas bien méchante, c'est de plain-pied. Et puis ce jardin, hein, où il y a personne qui vous embête… Bon, je vous laisse tous les documents. Je serais vous, je donnerais une réponse à l'agence à la première heure demain matin. C'est pas que je veux vous presser, mais c'est une rareté, cette location, et ça se peut que demain elle soit plus là.

Jacqueline rentra au bungalow dans une grande agitation. Sa fuite d'Erquy, qu'elle avait jusqu'à maintenant considérée comme temporaire, pouvait devenir définitive. Elle regarda les papiers de l'agent immobilier. Il suffisait qu'elle les remplisse et qu'elle les signe. Elle aurait aussi bien pu signer les papiers du divorce. Le divorce. La fin de plus de cinquante ans de mariage. Étrangement, Jacqueline ne ressentit rien de plus qu'une légère fatigue.

Elle fut tirée de ses pensées en voyant qu'elle avait reçu un colis, posé sur son petit bureau. Avant que notre héroïne ne l'ouvre, nous savions déjà d'où ce paquet venait. Plusieurs insectes, dont des abeilles, qui ne se trompent jamais, avaient identifié sa provenance africaine : cette odeur de terre, de feu et de bétail, beaucoup d'entre nous la connaissaient bien. Jacqueline se dit alors que Perpétue et les enfants du Bénin avaient toujours été là, avec leurs sourires et leurs bonnes nouvelles, dans tous ses moments difficiles. Outre les dessins et lettres d'enfants qu'elle s'attendait à trouver, il y avait dans ce pli un album de photos de sculptures que Jacqueline ne reconnut pas. Un de ses filleuls s'était-il découvert une passion nouvelle ? Elle saisit la lettre, et reconnut l'écriture arrondie qui lui était familière.

Djagballo, le 3 juillet

Chère Jacqueline,

J'espère que cette lettre vous trouvera en parfaite santé. Votre dernier envoi nous a comblés, comme tous les autres : les livres ont fait la joie des enfants. Je suis impatiente de lire les romans que vous m'avez fait parvenir : ils s'ajoutent à une pile bien trop haute d'ouvrages à lire. Croyez que ce n'est pas l'appétit de lecture qui manque, mais il y a tant à faire à l'école !

Voici comme promis le carnet et la lettre de Monette. Vous verrez qu'elle a progressé depuis le premier trimestre. Elle s'exprime très bien, mais l'écrit reste une difficulté. Cependant, les livres que vous envoyez la passionnent : j'ai donc confiance, elle fera mieux à la rentrée.

Vous trouverez dans cet envoi un paquet qu'on m'a confié à votre attention, et il demande quelque explication. La maman de Monette, Virginie Ouadé, une jeune femme charmante, a eu vent – malgré tous nos efforts pour garder secrètes les coordonnées de nos parrains – de votre adresse. Elle a noté que vous résidiez chez Nane Verbowitz. Virginie est étudiante aux Beaux-Arts et est dotée d'un enthousiasme et d'un talent certains dans le domaine de la sculpture. Elle a reconnu le nom de votre hôte comme étant celui de la célèbre sculptrice et, ma foi, son imagination s'est quelque peu enflammée.

Elle a demandé mon conseil et je lui ai bien entendu recommandé la caution. Néanmoins, dans le cas où vous seriez effectivement liée de parenté avec cette artiste, Virginie a souhaité vous faire parvenir des exemples de son travail et une lettre de demande d'emploi. Virginie est une jeune femme pleine d'initiative et de détermination et, malgré les probabilités extrêmement faibles quant au succès de cette requête et mes avertissements quant aux difficultés liées à ce projet, elle a tenu à vous envoyer tous les éléments requis pour que sa demande fasse l'objet d'une considération approfondie de la part de Mme Verbowitz.

Dans tous les cas, je peux me porter garante quant à la qualité et à l'intégrité du caractère de Virginie. Une installation en France est une ambition de longue date, pour elle et pour Monette. Virginie a d'ailleurs réussi à obtenir un visa.

Ma chère Jacqueline, ne soyez nullement chagrinée si vous ne pouvez pas répondre à cette requête par la positive. Votre soutien au fil des années a été considérable et si fondamental pour le bien-être de l'école et des écoliers que je m'en veux de vous solliciter davantage. Mais parfois le destin nous présente des opportunités qu'il faut saisir. Considérez donc le paquet ci-joint comme l'expression du courage d'une jeune femme et de la confiance que je voue à ma chère amie française.

Avec toute mon amitié,

Perpétue.

36

Arminda avait annoncé qu'elle sortait au cinéma ce soir-là, et Nane avait bougonné – non pas parce que la jeune femme sortait, mais parce qu'elle avait menti en disant qu'elle y allait seule. Tout le monde, à la table de la villa Jolie-Fleur, savait qu'elle y allait avec Bruno.

Nane, Jacqueline et Mathis dînèrent donc tout seuls. Jacqueline ne put s'empêcher de noter que le menu était considérablement moins élaboré que d'habitude. Pour Mathis, Arminda avait au préalable sorti le poisson pané, des pommes noisettes surgelées et de la crème au chocolat du commerce, et Nane avait décidé que les grands mangeraient la même chose. On ne parla pas beaucoup pendant le dîner et Jacqueline trouva cela plutôt reposant. Mathis rechigna à aller se coucher, sa grand-mère le laissa jouer un petit peu plus pendant que Jacqueline débarrassait.

C'était un de ces soirs où le jour bleu et rose tardait à tomber. Un petit vent frais faisait danser les voilages. On entendait, dehors, le bruit de quelques-uns des nôtres, criquets, hannetons. Moi, je m'accrochais à mon buddleia, mais je sentais toujours cette lenteur qui me faisait penser à chacun de mes battements d'ailes. Je laissais les vents me porter et je ne papillonnais plus. Je vis Jacqueline sortir pour aller au fond du jardin, chercher le linge qui séchait au fil ; il était déjà tout frais de la nuit qui allait venir. La corde à linge était près du lierre où j'aimais sommeiller, je décidai alors de m'approcher d'elle.

Une à une, elle décrocha les épingles à linge, et puis s'arrêta, les bras chargés de draps. Elle était immobile, à moitié cachée par les serviettes de plage accrochées au fil comme un rideau de théâtre. De là, elle pouvait voir toute la villa dans le vert des pins. Elle pouvait voir aussi son petit bungalow et l'atelier de Nane ainsi que l'ombre floue des chaises empilées. Dans l'angle, il y avait la petite fenêtre sombre donnant sur le bureau. Dans la lumière orangée de la grande fenêtre ouverte de la cuisine, Nane déposait un baiser de grand-mère sur la joue de Mathis et l'envoyait au lit. Mais Jacqueline regardait au-delà de la villa. Elle revoyait l'île, cette île dont elle connaissait à peine les contours, et tout cet océan qui l'entourait. Elle était calme et immobile. Elle était depuis quelques jours dans un état de grâce, ce grand calme après une éternité de questionnements. Le moment béni où la limpidité de la décision et la pureté du sens qui en émane ne sont pas encore encombrées de leurs conséquences.

Il me prit soudain l'audace de venir tout près d'elle – je pressentais que plus jamais je n'en aurais l'occasion. J'avais des choses à lui dire et je savais qu'elle les comprendrait. Jamais un papillon ne doit se mêler des affaires des hommes, mais Jacqueline avait donné à sa vie un nouvel élan juste parce qu'elle s'était émue de la mort d'un des nôtres, Jacqueline était différente – elle m'écouterait ! Zéphyr et Apéliote vinrent alors souffler tout doucement près de moi et, ensemble, nous nous posâmes sur l'épaule de notre dame de l'île.

C'est à ce moment-là que Jacqueline sentit sur sa peau la fraîcheur d'une petite brise annonçant une belle nuit d'été. Et, à l'intérieur d'elle, comme une vague douce. Un étrange sentiment. Une force imperceptible, une intense conscience d'être soi, ici, maintenant. Et si ce soir… Si ce soir, c'était le moment… ? Nane lui avait montré la sculpture d'Aleksander… Un secret pour un autre… Elle me vit quand je m'envolai vers mon lierre. Mais tout son corps garda le souvenir de ce léger frisson, pareil à une éclosion, qui l'avait traversée dans ce coin de jardin. Elle inspira fort, finit de décrocher les épingles et, les bras chargés de ce linge qui sentait bon, traversa le jardin pour rejoindre la villa.

Nane et Jacqueline s'installèrent dans le salon aux meubles excentriques. Nane se laissa tomber dans son fauteuil usé, à côté de la commode où trônaient quelques aquarelles patinées. La planche à repasser était rangée, et tout semblait vide. Sur la petite chaîne hi-fi était posée la boîte du CD de fado qu'Arminda mettait toujours quand elle repassait. Jacqueline n'y avait pas prêté attention. Mais ce soir, au milieu du silence bleuté, c'était comme si le fado revenait. *Que Deus me perdoe…* La voix de Nane se mêla aux chants lointains.

— Eh bien, nous voilà bien. Qu'est-ce qu'on va faire toutes les deux, toi et moi, maintenant, hein ?

Jacqueline sourit, regarda sa cousine et fit :

— Veux-tu que je te coupe les cheveux ? Tu sais, c'est toujours moi qui coupais les cheveux de Marcel.

— Ah, ben, écoute, c'est pas de refus. Allez. Y a des ciseaux dans le tiroir de la salle de bains.

Jacqueline alla chercher les ciseaux. Nane s'installa sur une chaise en formica dans la cuisine, et on mit une vieille serviette effilochée sur ses épaules. Jacqueline se plaça debout derrière Nane. Entre ses doigts fins, aux ongles propres et striés, ses phalanges, déformées par les ans et les nuits sans sommeil mais lisses malgré tout, glissaient les cheveux mouillés de Nane. Autour du crâne fatigué de sa cousine, les vieilles mains de Jacqueline papillonnaient avec grâce. Il flottait dans l'air ce parfum de jour de pluie, l'odeur de la coupe. Jacqueline en connaissait les gestes par cœur. Le peigne marron auquel il manquait des dents s'accrochait aux cheveux argent et en tirait des gouttes qui allaient s'échouer dans les fleurs fanées de la serviette. Le bruit des ciseaux régnait en maître sur la villa, accompagné du tic-tac de la pendule, comme le serait un air de jazz d'un tambour griffé par des balais. Non loin Zéphyr se lovait dans les feuilles, juste derrière les fenêtres. Et, toujours, venu de nulle part, ce fado imaginaire qui faisait traîner le soir et lui donnait des airs de dramaturge.

— Pas trop court, hein, dit Nane, qui avait déplié ses doigts sur ses genoux.

Non, pas trop court. Juste la largeur des doigts de Jacqueline. La lame coupait, et la mèche tombait sans bruit sur le sol, puis restait là, sans bouger.

— Alors, demanda Nane, tu as pensé à ce que tu allais faire avec cette maison, ma belle ?

Jacqueline allait répondre, mais elle se ravisa. Elle regarda la mèche de cheveux qui glaçait ses doigts. *Que*

Deus me perdoe, Se a minha alma fechada, Se pudesse mostrar, E o que eu sofro calada... Le soir tout entier, ses hannetons, les fenêtres orange, les caresses froides du linge, les pièces de la villa, tout cela était rassemblé dans son cœur. Et quand il n'y eut plus de place dans sa poitrine, elle demanda doucement :

— Tu te souviens de la dernière fois qu'on s'est vues, à Montrie... ?

— J'avais oublié, tu vois, fit Nane. Mais quand je t'ai vue, là, à cette table de cuisine où on dépiautait les araignées, ça m'est revenu. Comme si c'était hier. C'était en 53, hein ?

— Septembre 53. J'avais dix-sept ans, tu en avais vingt-trois. C'était le 22 septembre.

— Oh, je me souviens pas du jour, mais oui, c'était en automne.

— Si, c'était le 22. Moi, je m'en souviens.

Jacqueline continuait de peigner et de couper. Lentement.

— Je m'en souviens, ajouta-t-elle en murmurant comme si elle se parlait à elle-même, parce que, le 23, j'ai su que j'allais avoir un enfant.

Nane ne bougeait pas de sa chaise piquée de rouille. Dans l'encadrement de la fenêtre ouverte, les arbres du jardin n'étaient que des ombres. *Se pudesse contar, Toda a gente veria, Quanto sou desgraçada...*

— Je n'ai jamais voulu te le dire, et peut-être l'as-tu su, mais, quelques mois avant, Paul Charon et moi étions tombés amoureux.

Jacqueline avait à peine retenu son souffle. Un secret de soixante ans venait d'être dit et, pourtant, rien dans l'air ne semblait être dérangé.

Le bruit des lames des ciseaux qui coupent quelques mèches encore.

— Ma mère l'a découvert en même temps qu'elle a su que j'étais enceinte. Paul était prêtre. Tu sais, c'est lui qui avait célébré le mariage de Lucette et François. Il a juré qu'il quitterait la prêtrise, pour m'épouser et reconnaître l'enfant, et il a tenu parole. Il a fait les démarches auprès de son évêque. Mais ça allait prendre du temps et ma mère, elle, disait qu'il n'y en avait pas à perdre. Les gens commençaient à parler, à Montrie, alors, ma mère a fait ce qui devait être fait.

Jacqueline continuait de laisser couler les cheveux fins de Nane entre ses doigts.

— C'était fin octobre. Tu sais ce que je me souviens de ce jour-là ? C'est drôle, tout de même, ce qui revient. Je me rappelle le chapeau de ma mère, assise devant, dans le fourgon Citroën pourtant pour les bêtes. Je me souviens de ses perles et de son col en vison. La mère Lesage avait dit qu'il ne fallait pas se faire remarquer, une avorteuse à Amboise venait juste de se faire prendre. Tout le monde était sur les dents. Alors, la mère Lesage avait envoyé son fils nous chercher à Montrie dans son fourgon, parce que tu penses bien que la berline de mon père, avec son chauffeur, ça n'aurait pas été discret. Moi, j'étais derrière, sur un sac de paille. Et ma mère, elle était là, devant, avec ses bijoux et sa plus belle toilette. J'étais tellement occupée à la détester, et à penser à la douleur qui allait arriver, que je ne pensais même pas à l'enfant… Je n'y pensais pas, non, pas vraiment, j'avais dix-sept ans… Ce genre de chose, c'est après qu'on y pense.

Quelques cheveux collés allèrent rejoindre les autres sur l'épaule de Nane.

— Ça a pris plus d'un an avant que Paul soit libéré de son sacerdoce. Mais c'était trop tard, bien sûr. On avait déjà promis ma main à Marcel. Mes parents disaient que leur gendre promettait de faire une belle carrière dans l'armée. En vérité, ils l'avaient choisi parce qu'il n'était personne. Personne que l'on connaissait, personne sur qui on pourrait jaser. Maman savait que sa famille ne poserait pas de questions. Tout ce qui comptait, c'était que je sois mariée. Paul, il n'était plus rien, sans l'Église, sans sa paroisse. Mes parents s'étaient chargés de sa réputation. Ils s'étaient chargés de toute ma vie, en fait. Alors, je me suis dit que je ne ferais pas un si mauvais mariage en épousant Marcel. C'est fou ce dont on peut se convaincre, quand on est jeune…

Jacqueline avait posé ses ciseaux. Il n'y avait plus de cheveux à couper, et les gouttes froides avaient cessé de tomber. Il n'y avait plus que le silence et, dans le reflet de la vitre, la lumière dorée du plafonnier qui donnait aux deux femmes des airs de Rembrandt. Jacqueline se remit à peigner Nane et continua :

— Ç'aurait pu être un mariage heureux, même. Sauf que les enfants ne sont jamais venus. Alors, bien sûr, il ne fallait pas chercher loin. Je ne lui ai jamais dit, à Marcel, qu'il ne pouvait pas avoir d'enfants parce que j'étais passée sur la table dans la souillarde avec la faiseuse d'anges et ses mains qui sentaient l'ail. Tu vois pourquoi ma mère s'acharnait à me faire manger tout et n'importe quoi ? Jusqu'à sa mort, elle n'a pas voulu croire que c'était sa faute aussi, si je ne pouvais plus avoir d'enfants. Puis ce petit qui était parti ce jour d'octobre, je me suis mise à y penser… Il a grandi avec nous, et les choses qu'on s'est jamais dites, elles ont grandi avec. Il aurait eu cinquante-six ans en février, mon enfant, mais ça sera toujours mon petit. Je lui parle, parfois. Je lui dis : mon pauvre petit chou. C'est idiot, quand même, à mon âge… J'avais promis à ma mère de ne jamais le dire, elle m'a fait jurer. Tu vois, Nane, ce soir, c'est la première fois.

Nane sentit une goutte chaude brûler son cou. Une goutte venue de loin, sans un bruit. Sans se retourner, elle mit la main sur son épaule, là où Jacqueline avait laissé la sienne. Tandis qu'ailleurs l'amour d'Arminda et Bruno brillait comme un camion tout neuf, ici la tendresse de deux vieilles femmes, une tendresse intacte qui n'avait pas pris une ride, redonnait vie à leurs deux cœurs usés. Nane savait pourtant que Jacqueline n'avait pas tout dit. Elle laissa les insectes et la nuit jouer ces airs de fado et, enfin, Jacqueline prit la serviette, lui sécha la tête et les tempes, et poursuivit. Sa voix qui jouait les funambules menaçait de chavirer.

— Et Paul… Paul est arrivé un jour sur le seuil de ma porte, à la veille de mes quarante ans. Aucun de nous n'a pu prononcer un mot. Je n'oublierai jamais ce regard, il a eu l'air de tout envelopper d'un coup, le présent, le passé, moi tout entière… Mais je n'ai jamais su ce qu'il voulait me dire, car Marcel est arrivé. Ils ont fait connaissance, ils sont devenus amis et, le croiras-tu, plus de trente ans ont passé et jamais nous n'avons parlé. Je voyais Paul en coup de vent, ou seulement lorsque nous étions réunis en couple, aux anniversaires par exemple. Un gâteau qu'il faut manger, pour fêter le temps qui passe. Après chaque soirée passée ensemble, je perdais cinq kilos. Paul a toujours dit à Marcel que sa mutation en Bretagne était une heureuse coïncidence, mais moi je n'y ai jamais cru. Je pense que d'une certaine façon il a tenu sa promesse, il est revenu pour veiller sur moi, et sur ses étoiles, que sais-je… Comment le savoir, nous n'avons jamais parlé.

Jacqueline s'assit sur une chaise à côté de Nane et posa la serviette et les ciseaux sur ses genoux.

— Finalement, on se dit que c'est ce que le bon Dieu avait dû prévoir pour nous, et puis on met un jour après l'autre. Les semaines passent, les années… Jusqu'à… Jusqu'au mois dernier. Marcel a fait des examens pour sa prostate. Et on a appris que c'était lui qui ne pouvait pas avoir d'enfants. Ce n'était pas ma faute.

Sur le visage de Jacqueline, les larmes, chaudes, grasses, se mirent à couler sans répit, suivant les rides délicates, puis ses épaules frêles se soulevèrent. Et, alors que les hoquets l'étranglaient, elle vit sa cousine faire violence à ses genoux, à ses hanches et à son dos pour se lever toute seule, pour l'entourer de ses bras fatigués. Tandis qu'elle la serrait contre elle, la coupure de journal dans la poche de son tablier se froissa dans un petit bruit.

Enfin, Jacqueline essuya ses larmes et regarda sa cousine droit dans ses yeux gris.

— Tu as dû te demander pourquoi je t'avais laissée sans nouvelles. Ma mère m'avait interdit de te voir, bien sûr, mais je serais lâche si je disais que c'était la seule raison… Tu sais, cet automne-là, en 53, tu as eu du courage. Et moi je n'en ai pas eu. Chaque fois que je pensais à toi, et combien j'ai pensé à toi, ma Nanette, toutes ces années, combien tu m'as manqué ! Mais quand je pensais à toi et à ton bonheur avec Aleksander, je voyais tout ce que j'avais perdu en laissant ma mère m'emmener dans cette souillarde. Et, Nane, il a bien fallu que j'essaie d'être heureuse dans cette vie-là, alors…

Jacqueline regarda la fenêtre, puis ses mains ridées.

— Quand je suis arrivée chez toi, je me suis dit que peut-être je pourrais recommencer. Que peut-être je pourrais hériter d'un peu de ce courage que tu avais eu et qui m'avait manqué il y a cinquante-six ans. Mais que veux-tu, tout est joué, maintenant, il n'y a plus rien à recommencer.

Elle prit Nane par les épaules et regarda sa coiffure, sourit à travers ses larmes et murmura :

— Tiens, tu as rajeuni de dix ans, viens voir comme c'est réussi !

Mais Nane ne se leva pas. Elle sortit de son tablier la coupure de journal qu'elle avait gardée, après l'avoir soigneusement pliée en deux, l'article sur Marcel. Jacqueline vit la photo de son mari et s'empara de la feuille pour la lire. Elle dut s'essuyer les yeux plusieurs fois pour s'assurer qu'elle comprenait bien. Son mari descendait la Loire et prévoyait de nager vers l'île d'Yeu. Elle resta bouche bée pendant quelques secondes, jusqu'à ce qu'un éclat de fierté vienne passer sur son visage.

— Ça fait trente ans qu'il en parle..., murmura-t-elle en souriant. La Loire, tu te rends compte ! Et dire qu'il a fallu que je parte !

Jacqueline leva les yeux sur sa cousine, dont le visage était parcouru d'émotions qu'elle peinait à lire, tristes et bienveillantes à la fois. Alors Nane prit le journal dans ses vieilles mains pour en révéler l'autre moitié. Jacqueline la lut. Elle s'assit d'un coup sur la chaise de sa cousine, une main devant la bouche. C'étaient les annonces de décès : Renée Charon, née Besso, décédée le 17 juillet à Erquy. Regrettée par ses enfants et son mari, Paul Charon.

Jacqueline resta longtemps à regarder le papier froissé.

— Si tu cherches bien, dit enfin Nane, il y a encore des choses à recommencer. Mais je te l'ai dit, ma belle. Y a plus le temps de laisser les autres décider à notre place. Y a plus le temps pour manquer de courage.

Plus tard, je laissai les deux cousines se regarder dans le miroir et Nane sourire de cette coupe de cheveux qui rajeunissait son visage penché. Et je m'amusai de voir Mathis, dans son pyjama Spiderman, détaler comme un petit lapin et retourner dans ce lit où on le croyait endormi.

37

Jacqueline attendit le matin. Elle compta les heures avant le lever du soleil, puis les minutes après le lever du soleil. Enfin, à neuf heures trente, elle se dirigea vers la maison, s'enferma dans le bureau et composa le numéro de portable de Paul Charon.

— Bonjour, Paul, c'est Jacqueline.

— Bonjour, Jacqueline.

— Paul, je... je voulais te dire que j'ai appris la nouvelle pour Renée... et je suis désolée.

— Je... merci.

Renée était morte. Jacqueline et Paul parlèrent de l'enterrement, de la famille qui était venue, des réunions pour l'héritage. Du sermon du curé. La vieille dame avait entendu Paul, du temps où il était prêtre, causer de la mort avec certitude et aplomb. C'était du temps où ils étaient jeunes. À présent, Paul n'en disait plus rien. C'étaient les silences à la fin de ses phrases qui parlaient pour lui. Jacqueline comprenait ce langage qu'on apprend quand les amis commencent à disparaître un à un. Que dire d'une mort annoncée ? Les doutes, le sommeil qui ne vient plus, les images d'horreur ordinaire avec lesquelles il va falloir continuer de vivre, la douleur paralysante et l'indifférence honteuse qui s'arrachent la part belle des jours qui passent, et cette question qui s'invite sans cesse : « Et nous, ce sera comment ? » Ils n'ont plus droit à la parole, à nos âges. Renée était morte. Il fallait parler d'autre chose.

— Je suis à Notre-Dame-de-Monts, fit Paul. J'attends Marcel. Il aurait dû arriver avant-hier, mais tu sais…

— Notre-Dame-de-Monts, c'est juste en face de l'île d'Yeu, n'est-ce pas ?

— Oui, à huit kilomètres de l'embarcadère de Fromentine. Là, d'ailleurs, je suis sur la plage, je te vois.

Il y eut un court silence, où Jacqueline retint son souffle.

— Enfin quand je dis que je te vois, bien sûr, je ne…

— Je suis chez ma cousine. Te souviens-tu de Nane ?

Après une hésitation, elle ferma les yeux et dit :

— Elle était au mariage de Lucette et François de Larne, tu étais leur prêtre…

— Je m'en souviens, oui. Ça remonte…

— Oui, comme tu dis, fit Jacqueline en faisant semblant de s'esclaffer.

— Je pense que je vais aller à New York, fit Paul.

— New York ? J'ai des amis là-bas…

— Je crois que je viens de découvrir une… tu sais, ces étoiles géantes…

— Une supernova ?

— Oui, c'est ça. C'est à New York qu'ils valident ces découvertes, c'est le grand centre de l'astronomie, et j'ai toujours voulu y aller avec Renée, mais on a laissé passer le temps et puis, avec sa maladie… Alors là je me suis dit… J'ai pris mon billet pour la semaine prochaine.

Il fit une pause, puis demanda :

— Et toi, Jacqueline, tu vas rentrer à Erquy ?

— Je dois te laisser, Paul, ma cousine m'appelle. Quand tu verras Marcel, peux-tu lui dire de m'appeler ?

— Bien sûr.

— Au revoir, Paul.

Et elle raccrocha sans attendre son adieu.

38

On était déjà fin juillet, et l'île était de plus en plus bruyante. Après des orages, une nouvelle vague de chaleur étouffait les après-midi. Port-Joinville n'était que touristes, vélos de location et coups de soleil. Mais il y avait les matins. Et les matins, à la villa Jolie-Fleur, Nane avait décidé qu'elle entraînerait Jacqueline à arpenter Oya la lumineuse, cette île d'Yeu qu'elle avait à peine entrevue. Le phare, l'église de Saint-Sauveur, la Pierre tremblante, le fort du maréchal Pétain, la pointe des Corbeaux, un musée ou deux : à pied et en voiture, elles commencèrent par les lieux touristiques. Yeu était minuscule et pourtant, tous les jours, Nane trouvait un nouvel endroit à montrer à Jacqueline, qui, elle, se confiait. La boîte de Pandore ouverte le soir de la coupe de cheveux ne s'était pas refermée. La vieille dame remontait le temps et revivait tout son passé, cinquante-six années de confort dans l'ombre d'actes manqués, cinquante-six années de questionnements silencieux et de tâtonnements immobiles. L'éternité d'une vie privilégiée et incomplète. Nane écoutait.

Puis, un jour, la balade les amena dans la douceur de la pinède, près de la plage des Ovaires. Une oasis aux clairières vertes et sauvages, délaissée par les touristes, où s'aventurait une lumière qui charma Jacqueline. En regardant les ombres dansant sur le sable couvert d'aiguilles, Jacqueline dit :

— Tu le savais depuis quand, que Marcel allait venir sur l'île ?

— Plusieurs semaines.

— Pourquoi tu n'as rien dit ?

— Parce que je te l'ai dit, Jacqueline. Il n'y a plus le temps pour laisser les autres décider à ta place. Tu as décidé de quitter Marcel...

— Je n'ai pas décidé... enfin je n'avais pas décidé quand je suis partie.

— Bien sûr que tu l'avais décidé, ma belle. Simplement tu as préféré venir me demander ma bénédiction, pas vrai ? Mais ce n'est pas à moi de te la donner. Ni à moi, ni à Marcel, ni à ton prêtre. Que Marcel se raboule ici ou pas, qu'il vienne à pied, à la rame ou en pédalo, qu'il traverse les rivières des Enfers, ça n'a rien à voir avec toi. C'est son chemin à lui. Il faut que tu trouves le tien.

Nane laissa le « ccchhh » des vagues et du vent secouer l'été. Elle huma l'odeur de la mer et continua :

— Toi et moi, ces derniers jours, on a beaucoup causé. Les vieux draps sont sortis des tiroirs. Bien. Maintenant, il faut les oublier, lâcher prise. Regarde-moi ça, cette belle journée. Il y a encore des choses à vivre. Ça serait dommage de passer à côté juste parce qu'on est occupé à aérer les vieux draps, tu crois pas ? Viens, je vais te faire visiter la plus belle chapelle de l'île.

Et les deux dames se dirigèrent d'un même pas vers Notre-Dame-de-Bonne-Nouvelle.

39

Finalement, le temps les devança et elles s'épuisèrent avant d'arriver à la chapelle. Une autre fois, dit Nane. Le lendemain, Nane avait décidé d'aller à la plage des Vieilles avant que n'arrive la chaleur ; les cousines partirent vers neuf heures. Malgré son nom terrible, la plage des Vieilles était un endroit d'une beauté exceptionnelle, et Nane y avait emmené sa cousine plusieurs fois déjà, en fin de journée. Jacqueline s'asseyait sur sa petite serviette, dépliait sa petite ombrelle et regardait les vagues vertes. Elle ne l'avouait pas à Nane, mais elle aimait cet endroit parce qu'il s'y jouait toujours des scènes ordinaires qui la ravissaient. Les adolescents arrivaient, bronzés, riches, toujours en quête d'un endroit secret, interdit aux adultes. Puis les mamies fripées et orange arrivaient aussi, avec les enfants qui voulaient trouver des crabes, ou inventaient des jeux dangereux. Jacqueline suivait ces grand-mères et leurs petits le temps d'un « Kiki, mets tes claquettes », une partie maladroite de badminton, l'achat périlleux d'une gaufre au Nutella. Mais ce matin, c'était différent.

La lumière qui l'autre jour l'avait émerveillée dans la clairière – cette lumière dorée et presque intime –, elle revenait ce matin. Elle éclaboussait tout, la mer d'abord, puis chaque couleur du paysage et enfin le corps de Jacqueline. Elle caressa son ombre dans le sable chaud, le fit couler entre ses doigts.

— Tu as dû te demander pourquoi j'appelais au Bénin..., dit-elle.

— Oh, tu sais, parmi toutes les choses que je me suis demandées sur toi, le Bénin était la dernière de mes préoccupations... Mais, parle-moi du Bénin, tu en meurs d'envie.

Jacqueline regarda à nouveau sa cousine et fouilla dans son sac à main. Elle en sortit une enveloppe en papier kraft, dont elle posa le contenu sur la table : sur les feuilles quadrillées, une écriture d'enfant. Attachée avec un trombone, la photo d'une petite écolière en uniforme bleu.

— C'est Monette. Elle a six ans. C'est ma filleule au Bénin.

Jacqueline parla de cette association qui lui permettait de parrainer les élèves de cette école dans un village. Elle lui parla de son amitié épistolaire avec la directrice de l'école, Perpétue Glele. Puis des livres qu'elle envoyait, du « placard à Jacqueline », et enfin de chacun de ses petits filleuls : Oscar, Yewande, Armand, Marius, Bernadette, Adja, Yoannie, Wenceslas, Josué, Sylvaine, Issa, Solange, Chimène, Gildas, Prosper, Caleb et Monette.

Dix-sept.

Nane ne disait rien et regardait cette petite Béninoise cajolée par la lumière bienveillante du matin.

— Tu vas sûrement trouver ça idiot, poursuivit Jacqueline, d'en parrainer autant, mais ça fait trente ans que je suis marraine. J'ai entendu parler de l'association, j'avais quarante-quatre ans. C'était une période un peu difficile. Je m'étais résignée à ne jamais avoir d'enfants. Et puis Paul était revenu. Il était marié à Renée et ils venaient de s'installer à Erquy. Marcel avait fait leur connaissance et on les fréquentait. Eux, des enfants, ils en avaient quatre. Alors j'ai contacté cette association, et recevoir les carnets de notes de ces petits, ça m'a aidée à passer le cap. Ensuite, je me suis attachée. J'ai souvent eu envie d'y aller, là-bas, pour les voir, mais comme je le disais pour l'Amérique, ça ne se faisait pas, chez nous, une femme qui voyage seule. Et puis aussi, je n'y suis pas allée parce que je ne l'ai jamais dit à Marcel. Je ne l'ai jamais dit à personne.

Nane regarda longtemps les têtes du bout du monde éclairées par le soleil couchant.

— Ils sont beaux, tes petits, avoua-t-elle enfin.

Et Jacqueline sourit alors du plus grand sourire que Nane lui avait jamais vu.

— Pourquoi as-tu appelé la villa Jolie-Fleur ? demanda-t-elle à Nane en lissant le sable.

— *Une jolie fleur dans une peau de vache*, chantonna Nane. Tu sais, la chanson de Brassens... Aleksander disait que c'était tout moi. Comme d'habitude, il avait raison.

Jacqueline sourit.

— Dans ta maison, dit-elle doucement, partout, on voit l'empreinte d'Aleksander.

— Nos deux empreintes. On a imaginé cette vie tous les deux. Habiter sur cette île même les hivers, les gens nous prenaient pour des fous. Vivre nos passions, héberger les amis de passage, collectionner toutes les choses qui nous rendaient joyeux même si elles étaient moches... On n'a jamais fait comme les autres, mais on a été heureux. Souvent, Aleksander et moi, on s'allongeait sur la plage ou sur l'herbe vers les falaises. On mettait nos chapeaux de paille. On disait que c'était l'oracle du chapeau de paille. On regardait le soleil passer par les trous, on imaginait notre vie et on faisait comme si on la vivait déjà. Nos grands voyages, on les a imaginés comme ça. Même notre petite troisième, elle est venue dans le chapeau de paille.

Soudain Nane, tant bien que mal, s'allongea sur la natte en raphia et mit son vieux paille sur ses yeux. Jacqueline aussi en avait emporté un. Nane le lui avait collé dans les mains avant de partir, alors qu'elle rechignait à s'exposer au soleil. Jacqueline fut un instant tentée de s'allonger comme Nane, mais elle n'osa pas.

— Tu vois toujours des choses, dans ton chapeau ? demanda-t-elle cependant dans un rire.

— Je vois tout ce que j'ai et ça me ravit, répondit Nane en se relevant. Mais tu sais, moi j'ai vécu la vie que j'ai voulu, alors je peux être vieille et ronfler sous mon bibi. Mais toi, tu es encore toute jeune, alors m'est avis qu'il y a des croix à cocher dans la liste de tes envies avant de vivre tes vieux jours dans ce jardin sans vis-à-vis, à cultiver tes souvenirs.

— Nane, je pense que je vais la prendre, la maison.

— Bon. C'est pas moi qui vais m'en plaindre.

— Mais tu sais, j'ai bien pensé à ce que tu m'as dit, qu'il fallait lâcher prise…

— Grand bien t'en a pris…

— Et il me semble que vraiment tu devrais laisser Arminda vivre son histoire avec Bruno…

Nane la dévisagea avec des éclairs dans les yeux. Sans rien dire, elle prit son chapeau et essaya de se relever. Jacqueline voulut l'aider mais elle vociféra. La Renault 5 rentra à la villa dare-dare. Jacqueline l'avait bien vu : un côté du visage de Nane avait l'air bien plus en colère que l'autre.

40

— Arminda… je voulais vous remercier pour la maison, dit Jacqueline qui venait d'entrer dans la cuisine.

— C'est pas moi qu'il faut remercier, c'est Mme Tricot, répondit la jeune femme de façon presque inaudible. Et elle quitta la pièce.

Mais elle fut rattrapée par Mathis, qui tira sur son tee-shirt.

— Qu'est-ce que tu veux, Mathis ? Eh bien parle !

— Jacqueline, elle veut te parler dans la cuisine, murmura-t-il.

— Oui, je sais, mais moi j'ai pas envie. Là, fit Arminda en baissant la voix comme lui.

— Oui, mais je crois qu'elle veut te dire pardon. Et tu m'as dit qu'il faut toujours écouter les gens quand ils veulent dire pardon.

Arminda soupira.

— T'es un malin, toi, dit-elle en regardant son petit garçon.

Elle retourna dans la cuisine, Mathis caché derrière elle. Elle fit signe à son fils de déguerpir, et il obéit rapidement. Puis elle prit un torchon et commença à essuyer une casserole, sans oser regarder Jacqueline. Comme Mathis l'avait prédit, la vieille dame prit la parole.

— Quand nous nous sommes parlé la dernière fois dans le salon, je n'ai pas compris ce que vous vouliez me dire, et je m'en excuse. Je comprends à présent que vous aviez peur que Nane se retrouve seule si vous faites votre vie…

— Je sais ce que j'ai voulu dire, l'interrompit Arminda. C'est bon, pas la peine de vous excuser, c'est réglé à présent.

— Ah, eh bien, si c'est réglé…

Jacqueline se tordit les doigts, mais reprit sous l'œil noir d'Arminda :

— Écoutez, voilà ce que je suis venue vous dire. Je vais vous le dire tout d'un coup, sinon je regretterai toujours de ne pas l'avoir fait : je peux convaincre Nane d'accepter Bruno. Il faut juste que vous vous montriez tous les deux, sans vous cacher. Nane, elle comprendra, j'en suis sûre. Dites-lui, à Bruno, de venir ce soir à la villa.

Arminda resta interdite de longues secondes. Jacqueline ne savait plus où mettre ses mains, et, finalement, elle se pressa vers la sortie.

— Je ne sais pas si c'est ce que je veux, Jacqueline, l'interpella Arminda. Je…

La vieille dame se retourna et, pour la première fois, la regarda droit dans les yeux.

— De quoi avez-vous peur, Arminda, d'avoir des regrets si vous prenez la mauvaise décision ? De quoi vous souviendrez-vous à mon âge ? De cet emploi que vous avez pu garder, de cette belle maison que vous avez habitée, ou de cet homme que vous avez perdu ? Dites-lui de venir tout à l'heure, et laissez les choses se faire.

Le soir venu, les deux femmes se retrouvèrent l'une en face de l'autre. Il était convenu que Bruno passerait chercher Arminda pour dîner, mais resterait pour l'apéro. La villa était impeccable, il y régnait un ordre que Jacqueline n'avait jamais connu dans la maison. Il restait deux heures avant la venue du jeune homme, et Arminda courait dans tous les sens. Nane jurait parce qu'elle ne retrouvait plus rien dans la cuisine rutilante et grommelait toute seule. Arminda adressa à Jacqueline un regard suppliant avant de disparaître vers les chambres.

— On a un invité pour l'apéritif, lui dit Jacqueline, malicieuse.

— Et pourquoi il reste pas dîner, le poissonnier ?

Jacqueline ne s'attendait pas à ce que Nane soit au courant.

— Il emmène Arminda dîner en ville, fit-elle, sur la défensive.

— Je vois. Monsieur veut impressionner. Où c'est qu'il l'emmène ?

— Chez Gérard.

— Arf ! aboya Nane. Ça m'étonne pas. C'est que de l'esbroufe, Chez Gérard, y a du chichi dans les chaises et les rideaux, mais dans l'assiette y a balle-peau !

— Bon ! eh bien, pourquoi ne prépares-tu pas un bel apéritif pour qu'ils ne meurent pas de faim ? Je ne me mêle pas de la préparation.

Jacqueline laissa sa cousine à sa mauvaise humeur et croisa Arminda qui se préparait en hâte. Elle avait essayé de se faire un brushing, mais l'effet était plutôt raté et elle aussi était énervée. Jacqueline lui proposa de la coiffer. La jeune femme refusa, mais la cousine de Nane lui répondit que cela ne prendrait que quelques minutes. Arminda s'installa alors sur une chaise de sa chambre, et Jacqueline se plaça derrière elle. Elle peigna et brossa, fit des compliments à Arminda sur ses cheveux et dompta sa tignasse rayée de rouge en une belle tresse élégante.

Elle en profita pour rectifier le maquillage de la jeune femme, qui après une journée tendue se laissa faire. Elles ne parlèrent pas. Quand Jacqueline alla enfin chercher un miroir pour lui montrer le résultat, le visage de la jeune femme s'éclaira dans un sourire timide. Jacqueline sut s'éclipser pour laisser Arminda choisir sa garde-robe.

Une petite heure plus tard, Arminda entra dans la cuisine le sourire aux lèvres. Tous les regards se tournèrent vers elle. Personne ne l'avait jamais vue comme ça. Son visage, où les imperfections avaient miraculeusement disparu sous un maquillage glamour mais pas trop, était merveilleusement dégagé et mis en valeur par cette belle tresse. Un haut rouge sombre sans manches laissait voir ses beaux bras fermes et dévoilait son décolleté. Une jupe noire en trompette soulignait sa taille fine, et des talons hauts sublimaient sa silhouette, qui avait gagné un éclat fier et exotique.

— On dirait une danseuse de flamenco, fit Nane d'un ton mêlé de raillerie et d'admiration.

— Ah bon, tu trouves ? répondit Arminda, déçue, en regardant sa jupe.

— Non, non, non, s'écria Jacqueline. Tout vous va à merveille. Oooooooh ! Faites-nous voir ces mains !

Arminda, en rougissant, montra ses doigts. Elle avait posé de faux ongles rose nacre et, pour la première fois, on pouvait voir qu'elle avait de belles mains fines. Si Jacqueline s'extasiait, Nane et Mathis, en revanche, se montraient impatients.

— C'est pas un peu trop décolleté, ce haut, quand même ? finit par demander Arminda à Nane

À ce moment-là, tout le monde se figea. Dans le jardin, Bruno arrivait. Il était sur son trente et un et apportait une bouteille de porto. Les effluves d'after-shave et de gel pour cheveux étaient enivrants.

— Bonjour, mesdames… et monsieur, ajouta-t-il à l'attention de Mathis.

Le petit garçon se cacha derrière Nane. Arminda alla voir son invité et l'embrassa sur la joue. Jacqueline proposa de passer au salon, et Nane en profita pour prendre la poudre d'escampette et se réfugier dans la cuisine afin de finir de préparer l'apéro.

Jacqueline s'assit dans le fauteuil, Arminda et Bruno sur le canapé, et il s'installa alors un silence inconfortable. Au bout de quelques minutes d'une conversation qui n'allait nulle part, la vieille dame proposa de trinquer. Arminda, pincée, dit qu'il fallait attendre Nane et regardait sans cesse en direction de la cuisine. Soudain, Bruno se leva et déboula dans la pièce où Nane mettait les olives dans les bols.

— Z'avez besoin d'un coup de patte ? Tenez, je vais le faire.

Et, sans autre cérémonie, il prit tout ce qu'il y avait sur la table, plus certains ingrédients du placard, et prépara l'apéritif avec une vélocité et une aisance qui en bouchèrent un coin à Nane.

— Je sais bien ce que vous pensez, commença Bruno en coupant des rondelles de saucisson. Que je suis pas assez bien pour Arminda. Et je vais vous dire : vous avez raison. Non, mais, sans rire, hein, vous avez raison. D'ailleurs, je connais personne qui serait assez bien pour elle. Et vous, vous connaissez quelqu'un ?

Nane ne répondit pas.

— Non mais sérieusement, madame Verbowitz ?

— Je me suis pas trop penchée sur la question, repartit enfin Nane, pincée.

— Vous allez pas me dire que dans tous les prix Nobel qui passent dîner chez vous, y en a pas un qui soit digne d'Arminda, quand même ?

— Je vous vois venir, Bruno, l'avertit Nane.

— Mais je vois bien que vous me voyez venir ! Et vous vous dites, le Bruno, il m'embobine. Mais si vous vous êtes pas penchée sur la question, eh ben moi si. Et je vous le dis : y en a pas un sur l'île qui la mérite. Et même sur le continent, j'ai pas tout vu du continent, hein, attention, mais je connais du monde quand même. Eh bien, j'ai jamais rencontré un gars qui soit assez bien pour elle. Alors je me dis, elle va finir avec un toquard, c'est mathématique. Et moi qui suis raide dingue d'elle depuis qu'elle m'a demandé des araignées il y a six mois, je me dis, si elle doit être avec un toquard, je préfère qu'elle soit avec moi. Parce que, au moins, moi, je sais que je la mérite pas, alors que ça serait trop grave qu'elle finisse avec un qui pense qu'il la mérite. Apéro ?

Nane avait capitulé avant même d'ouvrir le porto. Après l'apéritif, Arminda monta sur la moto de Bruno et, quand sa crinière tressée passa au-dessus des mûriers, tous à la villa, même Mathis, surent qu'elle resterait avec son poissonnier.

41

Les ennemis qui s'étaient penchés sur le tombeau ligérien de Marcel n'étaient pas les fantômes de ses beaux-parents. Ils l'avaient tiré vers la surface et lui avaient sauvé la vie. C'étaient des étrangers de passage qui ramassèrent également ses sacs trempés. En revanche, le canoë n'avait pas pu être récupéré, il avait été cassé en deux par la force du courant. Après deux jours et deux nuits dans un hôtel tourangeau, Marcel était debout. Il avait bien pensé à rester coucher un peu plus longtemps. Après tout, son corps était mal en point. Sa ligne d'arrivée avait beau se rapprocher, il ne savait plus très bien ce qu'il voulait y trouver ou même pourquoi il avançait encore. Il était debout parce qu'il savait que s'il ne se relevait pas ici, c'en était fini de la partie. Ce qui le portait aussi était la conviction muette qu'au bout de l'aventure, une fois qu'il aurait tout donné et peut-être tout perdu, il saurait vraiment pourquoi il avait joué. Si, de l'autre côté de l'eau, l'île des beaux lendemains ne promettait plus au héros l'amour de sa femme, offrirait-elle un sens à son courage ?

Alors il s'était racheté un canoë. Les premiers coups de pagaie furent anxieux, mais il glissa à nouveau sur la

Loire et recommença à égrener les jours et les kilomètres, en compagnie de Zéphyr et de Borée.

Que dire des dernières centaines de kilomètres ? Marcel avait trouvé un second souffle. Il avait connu le pire en amont, la douleur physique, le désespoir, risqué la noyade, affronté le regard de Dieu et les rires de revenants. À présent, il n'avait plus peur de rien. Il ne ressentait même pas du courage ; c'est juste qu'il avait oublié pourquoi il avait peur. Il avait oublié pourquoi il avait peur de son âge, pourquoi il avait peur de partir de sa maison, peur de demain, peur d'hier, peur du changement et peur du non-changement. Et peur de l'abandon de sa femme. Il avait oublié beaucoup de choses, celles qui n'étaient pas conjuguées au présent. La Loire avait tout rincé.

Après avoir bifurqué du fleuve vers la Vie, il laissa le canoë à Saint-Gilles-Croix-de-Vie et fit les trente kilomètres à pied jusqu'à Notre-Dame-de-Monts. Quand, un samedi, il descendit l'avenue de la Mer qui menait au remblai, marchant comme un roi antique au milieu des stands de gaufres-frites, il ne vit que ce qui le séparait encore de son but : l'île d'Yeu. Là était la vraie arrivée.

Mais si Marcel pensait arrêter ses pas sur la plage de Notre-Dame-de-Monts sans trompette ni fanfare, c'était râpé. Car c'était compter sans Zéphyr, qui l'avait poussé ici précisément ce jour-là parce qu'il lui réservait une surprise. Dans le ciel, des cerfs-volants tournoyaient par centaines. Petits et grands peuplaient le bleu du ciel : des triangles de couleur, des chefs-d'œuvre d'ingénierie et d'aérodynamique. Une pieuvre, un nounours cravaté, des sorcières sur leurs balais, un tube multicolore, des oiseaux en origami, une sauterelle graphique, un petit ange blond un peu ridicule avec son zizi. Et il y avait les géants, trois grands visages chinois sombres qui régnaient dans le ciel, crâneurs avec leurs traînes de dix mètres. Une énorme salamandre noir et rouge qui avait besoin de quatre hommes pour la tenir, les pattes emmêlées dans les fils, le lézard de cinq mètres ne voulait pas prendre son envol comme saint Michel et son dragon. Des requins, un valet de trèfle, un ptérodactyle, des ronds, des carrés, des triangles à deux pattes qui marchaient sur la plage…

Et autant à terre qui attendaient leur envol, le vent et les bras des hommes. Des enfants se frayaient un passage dans l'air découpé de fils. Tous s'accordaient à dire qu'il n'y avait pas beaucoup de vent. Zéphyr, lui, n'avait jamais été aussi heureux.

Tous les visages fixaient le ciel, sauf un. Marcel, assis à côté de son sac à dos, regardait la mer. Cette île d'Yeu que le beau temps découvrait, elle avait l'air si proche qu'on voyait les maisons blanches de Port-Joinville. L'endroit où se jouait la vie de Marcel était l'île la plus éloignée du continent, de toutes les îles côtières françaises. Un ferry faisait la navette toutes les heures, et pourtant il fallait y aller à la nage, parce que Marcel l'avait décidé ainsi et que, oui, il n'avait pas honte de parler de destin.

Une ombre voila le soleil et les doutes revinrent. Cette île était séparée de lui par dix-neuf kilomètres d'Atlantique. Dix-neuf kilomètres d'eau profonde et de courants capricieux, dix-neuf kilomètres d'histoires de noyés. Il avait encore le droit d'abandonner. Il n'allait jamais y arriver. Marcel mâchait ses désillusions dans sa bouche sèche, et elles avaient le goût familier de l'angoisse qui le suivait depuis le mont Gerbier-de-Jonc. Qui lui soufflait ces pensées vénéneuses ? Le soleil réapparut, puis disparut, puis réapparut, trop vite pour que ce soit un nuage. Marcel leva les yeux au ciel, et il vit dans les nuées une robe de mariée.

Jacqueline ! C'était Jacqueline qui lui disait depuis le premier jour qu'il était un moins que rien ! Elle ne le disait pas, bien sûr, mais elle le pensait, il savait qu'elle le pensait. Tout était sa faute à elle. Il aurait pu faire tant de choses si elle n'avait pas été là pour sous-entendre qu'il n'en était pas capable ! Tant de temps passé chez les toubibs alors qu'il avait des exploits au bout des doigts ! Combien de Loire il aurait pu descendre, combien d'océans il aurait pu traverser, si elle ne l'en avait pas empêché ?! Et dire qu'il y allait pour elle, sur cette île. Cette sœur ennemie !

À ce moment-là, l'ombre disparut à nouveau, et il sentit du mouvement derrière lui. Il se retourna : la mariée était à terre. Deux hommes et un petit garçon essayaient de démêler les fils du grand cerf-volant, et de faire s'envoler à nouveau l'immense tissu blanc de la robe et le visage rose qui ondulait sur le sable.

Marcel retourna à la contemplation de l'île, sous le ciel.

Finalement, il ne savait plus pour qui et pour quoi il devait y aller. Il savait juste qu'il était trop vieux pour abandonner maintenant.

42

Le lendemain de la conversation avec Arminda, Jacqueline ouvrit les yeux de bonne heure, le soleil se levait à peine. Elle avait dormi d'un sommeil complet. À son réveil, le jour lui sembla étranger et le bungalow lui apparut comme un agréable mystère. Immobile dans son lit, elle essaya de récupérer le fil des jours passés. Puis les soirées d'avant lui revinrent à l'esprit, et aussi cet air de fado, ensuite les draps sortis au grand air, la coupe de cheveux de Nane, le secret éventré. Les excuses à Arminda, l'aventure de Marcel, les confessions dans la lumière de l'île, les mots de Nane sous son chapeau de paille. Enfin, aujourd'hui : elle allait signer les papiers pour louer la maison. Ses yeux balayèrent sa chambre que le jour commençait à révéler. La *Vierge de tendresse* était toujours là dans son petit cadre bon marché. L'avait-elle rêvé, était-ce vrai, avait-elle tout révélé ? Avait-elle tout dit sans laisser la moindre zone d'ombre, sans retenue ? Une voiture passa au loin. Elle l'écouta s'éloigner et ferma les yeux. Sa vie défila doucement derrière ses paupières : le passé s'estompait, le présent était là, vibrait, audacieux. La maison serait bientôt à elle. Une nouvelle vie commencerait. Elle vit aussi la lettre de

Perpétue : elle avait oublié d'en parler hier à Nane. Il faudrait le faire aujourd'hui sans faute.

Mais Nane dormait encore, il était si tôt ! À sa petite montre en or, cinq heures quarante. L'agence n'ouvrait pas avant dix heures. Une fois habillée et maquillée, elle prit son chapeau de paille, son vélo et s'en alla sur la route. Et moi, je la suivais. Je ne savais pas encore que c'était la dernière fois que je voyais mon buddleia.

Jacqueline éprouvait un étrange sentiment. Elle croisa le soleil qui se levait sur les champs dorés, et sut que, non, ce n'était ni de la joie ni de la tristesse. Elle passa près de l'aéroclub et des mûriers qui longeaient la route. Un nuage solitaire, vaporeux, flottant dans l'azur intensément bleu, semblait la suivre. C'était Apéliote, bien sûr. Elle continua à pédaler dans le jour qui commençait. Sur un panneau, la plage des Sabias. Elle n'était pas tout à fait une autre, pas tout à fait la même. Elle respira l'air frais du matin et sentit une profondeur dans son estomac.

Elle déposa son vélo devant la plage, mit un tour de clef à son antivol rouge et sentit des courbatures quand elle se redressa. Devant elle, le sable orange, les rochers rayés de vert, et la mer d'un bleu foncé qui s'illuminait de transparence au contact de l'île. Elle était seule, seule avec deux petits bateaux aux mâts immobiles qui touchaient l'horizon. Toujours ce flottement dans son cœur, et sur lequel elle n'arrivait pas à mettre de mots. Alors elle n'en mit pas. Elle laissa dormir encore les cabines de plage en bois bleu et monta vers le vieux château. Seul, lui aussi, au milieu d'un océan de paillettes. Le vent du matin parfumait d'immortelles ce bout de terre fini par des rochers. Elle marchait, montait, descendait, dans le soleil, longeait la côte et en oubliait son vélo laissé sur la plage des Sabias. Elle continua de marcher au son des insectes et des mouettes réveillés avant les hommes. Elle chemina encore dans les herbes sèches et les chardons. Elle passa l'écume du Trou de l'enfer qui éclaboussait de blanc le noir brillant des falaises. Elle dépassa le Grand Vilain et la pointe de la Père, jusqu'à ce qu'elle puisse voir le petit port de la Meule. Et, derrière, tout en haut, Notre-Dame-de-Bonne-Nouvelle.

Le port était réveillé. La marée presque basse faisait pencher les mâts des petits bateaux. Les voix de quelques pêcheurs résonnèrent dans les barques. Le bruit d'une mobylette, les toits orange, des volets bleus qu'on ouvrait. Elle descendit près des rochers. Sourit peut-être. Puis elle marcha le long du port, arriva jusqu'au petit café, où un serveur sortait sur la terrasse des chaises en plastique. Le son du percolateur, le vent silencieux dans les glycines. Puis elle remonta de l'autre côté du port. Elle arriva enfin, essoufflée, devant la petite chapelle de Notre-Dame-de-Bonne-Nouvelle, qu'elle dépassa pour aller voir l'océan se cogner à cette île si belle.

Elle marcha jusqu'au bout, là où la terre descendait un peu, mais pas trop, pour finir par le vide sculpté des falaises. Au-dessous d'elle, la mer verte, et les rochers encadrant un horizon qui lui appartenait à elle seule. Elle soupira et s'assit sur l'herbe. Et, une fois assise, au milieu de ce paysage trop grand, elle comprit ce qui se passait en elle.

Il ne se passait rien.

Cette voix qui l'accompagnait dans tous les instants, les plus clairs comme les plus seuls, s'était tue. Depuis ce matin, Jacqueline arpentait l'île telle une orpheline sereine. Depuis ce matin, le silence était né. Elle regarda l'horizon et sentit à nouveau dans son estomac comme une absence. Mais non, ce n'était pas l'absence. C'était la faim. Un appétit timide et miraculeux à la fois.

Elle se coucha sur l'herbe. Oui, elle se coucha sur l'herbe. Sans une question, sans la vieillesse qui objecte. Puis elle mit sur ses yeux son chapeau de paille où le soleil entrait. Des milliers de lanternes muettes et floues éclairaient des choses surannées, ces moments inoubliables et pourtant jamais vécus, ces souvenirs rêvés dans ce même chapeau de paille l'été d'avant ses dix-sept ans. Des larmes, imaginées peut-être, multiplièrent à l'infini les lanternes, et, à l'infini, elle revit dans le soleil sa jeunesse tout entière. Ces instants intenses avec Paul, cet élan brisé trop tôt et qui coulait sur ses joues, et aussi le ballet des promesses trop grandes, qui vint s'ajouter au kaléidoscope, accompagné par les vagues léchant les rochers et l'odeur de la terre sèche. À l'idée de cette vie de jardin sans vis-à-vis qui l'attendait, tout devint clair. Le futur s'invitait devant ses yeux, elle aurait pu en goûter les parfums d'été. Ils étaient là, les lendemains, à portée de main, pour la première fois. Ils étaient là et ils étaient beaux, et enfin elle y croyait. Elle ôta le chapeau de paille et, non sans mal, elle se releva.

Elle savait, à présent. Elle avait interrogé son oracle de paille, et tout était illuminé. Alors, la vieille dame sur ces falaises grandioses et bientôt brûlantes sourit ; pour la première fois, elle voyait cette île comme une possibilité, son île. Ce ne serait plus l'île de Nane, mais la sienne, la sienne. *An island of one's own.*

Pourtant, il restait encore une chose à faire. Une dernière fois la petite voix devait parler. Alors Jacqueline remonta vers la chapelle, et je l'y accompagnai. Elle l'avait toujours vue de loin, cette chapelle immobile sur la côte déserte, surplombant l'eau scintillante. Blanche dans sa simplicité, comme la mariée qu'elle aurait voulu être, dénuée de tout, avec cet air de comprendre l'essentiel. Nous entrâmes ensemble. Jacqueline l'avait imaginée silencieuse ; la chapelle résonnait de tous les bruits de l'île. Apéliote qui, dehors, ne parlait pas aux hommes, en s'engouffrant dans ces murs blancs devenait volubile, joueur d'orgues invisibles. La vieille dame resta près de la porte, n'osant pas s'avancer. Elle vit la petite maquette de voilier, le bouquet fané sur l'autel. Dans une niche, un photophore bleu. Et, rayonnante dans ce royaume de bancs vides et de vent, la Vierge Marie, peinte comme une geisha, avec son petit Jésus. La *Vierge de tendresse* et des marins perdus.

Jacqueline chercha les yeux d'albâtre et s'assit sur un banc. Puis cette voix qui bientôt allait se taire tout à fait murmura :

« Au revoir, mon petit ange. Moi qui t'ai porté pendant cinquante-six ans et quelques nuits de plus, il faut qu'à présent je te laisse. Je t'ai choisi un bel endroit, tu vois ? Que tu vas être bien sur cette île où l'on rit au son des chansons tristes, où le vent ne laisse jamais le silence se poser sur les falaises ! La Vierge Marie prendra soin de toi dans ses bras au goût de sel. Elle a le petit Jésus, mais elle t'aimera toi aussi, mon amour, mon enfant transparent, autant que moi. Au revoir, mon petit bonhomme, je te laisse ici, avec vue sur cette mer qui est si jolie et que je regarderai souvent. Il faut que tu me laisses aujourd'hui, pour que je vive les promesses que j'ai faites hier. Hier, quand j'avais dix-sept ans. »

Quelques jours plus tard, Jacqueline fermerait doucement la porte du bungalow. Elle laisserait l'ombre s'emparer des tomettes, les araignées enfanter dans les coins, les cintres se cogner contre la vieille armoire et les vieux draps brodés dormir encore.

Et moi, pauvre de moi, je faisais aussi mes adieux à Jacqueline dans cette chapelle. Je me couchai sur la cire d'un photophore pour reposer mes ailes et veiller sur l'ange de ma belle dame de l'île. Au revoir, Jacqueline Darginay de Boislahire. Je ne suis pas encore mort, je souffle juste un peu avant de rejoindre la poussière. Et j'attends les vents pour qu'ils m'emportent et finissent de me raconter ton histoire.

Heureusement, le bon Dieu me laissa assez de jours à vivre pour entendre le reste. C'est Zéphyr, fidèle Zéphyr, qui vint me voir pour me dire ce qu'il avait vu. Dans le soleil blafard d'une aube d'août, Paul et Marcel attendaient sur la plage déserte de Notre-Dame-de-Monts. Tous les deux, assis sur la dune, à regarder l'océan.

43

— Je crois que j'en ai trouvé une, fit Paul.

— Une quoi ?

— Une supernova. J'ai envoyé les coordonnées à des mecs à New York pour qu'ils valident, mais je suis assez sûr de mon coup.

— Félicitations ! fit Marcel en lui donnant une claque dans le dos. Ça veut dire quoi ? T'auras ton nom sur des télescopes ?

— Ça veut dire que j'ai vu la lumière d'un truc qui s'est passé à la naissance du monde. C'est quelque chose ! Une explosion de lumière gigantesque qui a éclairé l'univers mais dont personne n'a rien su parce que l'énergie a mis tout ce temps pour nous arriver. Ce que j'ai vu, moi, c'est une lueur minuscule, mais c'est la plus belle chose que j'aie eu l'occasion de regarder dans ma vie.

— Je suis content pour toi, vieux.

Marcel regarda sa montre : il était presque six heures.

— Bon, il faudrait pas que je tarde.

Après quelques minutes de silence, Paul murmura d'une voix grave :

— Il y a quelque chose que j'ai toujours voulu te dire, mais que j'ai jamais pu. Bon, y a peut-être prescription depuis ce temps-là. C'est quand j'étais encore prêtre.

Marcel l'interrompit :

— C'est encore une de tes métaphores ou ça me concerne vraiment ?

— Je dirais que ça te concerne.

Paul déglutit et se lança :

— La femme pour qui j'ai quitté Dieu, c'était Jacqueline.

Marcel ne broncha pas. C'était comme si l'homme était déjà dans l'océan. Paul continua :

— Je… On n'en a jamais reparlé, on s'est jamais vus seuls, je veux dire…

— Y a un truc que j'aimerais que tu me dises, rapport au temps où t'étais prêtre, l'interrompit Marcel, les yeux fixés sur l'écume.

— C'est quoi ? fit Paul, anxieux.

— L'absolution.

Paul s'esclaffa. Marcel continua, sérieux :

— Tu sais, vieux, cette balade, elle m'a fait gamberger. Ce que j'ai vécu avant, je me suis rendu compte que c'est parti. Je sais pas où c'est parti, dans la flotte, ou peut-être dans tes étoiles, qu'est-ce qu'on en sait ? Par contre, on sait jamais ce qu'on trouve de l'autre côté des vagues, là. Et je te parle pas de la mort. Je te parle de la vie. Je vais en commencer une autre, là-bas, je sais pas encore ce qu'elle sera. Mais je veux y aller en paix – façon de parler.

Paul comprit que son ami était sérieux. Alors des mots en latin se mêlèrent au chant des vagues. Puis encore du silence, et Marcel qui se lève.

Paul le secoua de sa poignée de main virile et dit :

— T'es sûr ? T'es pas obligé.

Pour toute réponse, Marcel, habillé de sa combinaison noire, enfila son petit sac à dos étanche, lui fit ses adieux, avança de quelques pas et entra dans l'eau. Sans se retourner, il nagea vers l'île d'Yeu.

Paul resta sur la plage. Il se sentait coupable de ne pas avoir assez répété à Marcel que c'était insensé, que personne n'avait jamais tenté cette traversée à la nage, qu'il allait se noyer. C'était trop tard, à présent.

« Au moins, il aura beau temps », pensa Paul en mettant ses mains dans ses poches.

Il resta au bord de l'eau jusqu'à ce qu'il ne puisse plus voir Marcel dans l'eau brune et calme. Il pensa à l'absolution qu'il venait de prononcer – l'absolvait-elle lui aussi ? Il se plongea alors dans ce futur qui l'attendait de l'autre côté de l'Atlantique. Quand il ne vit plus que le flux et le reflux de l'océan, il fit un signe de croix et s'en alla.

Puis la plage redevint déserte, et Sciron en profita pour sortir de derrière les pins.

44

Les trois premières heures, Marcel nagea vite et bien. L'eau était calme et les courants semblaient l'emmener. Port-Joinville paraissait à portée de main, d'ailleurs il voyait la guirlande de blanc qui bordait l'île, il était tellement près ! La vérité était que ce n'était pas son corps qui le portait, mais la violence des révélations de Paul. Il avait cru pouvoir faire la paix avec le passé, mais il était revenu pour un dernier assaut.

Sa femme l'avait quitté. Il ne se souvenait plus du moment où il était entré dans l'eau, ni de ces premières heures de nage. Il n'était plus tout à fait sûr que ce soit lui, cet homme qui avait descendu la Loire, le souvenir devenait lointain et improbable. Il se rappelait clairement le soir de sa dernière dispute avec Jacqueline à Erquy ; du papillon de nuit qui se cognait contre la fenêtre. Pourquoi se remémorait-il ce détail alors que tous les autres se dérobaient ? Il revoyait son histoire en accéléré, fragmentée. Toute sa vie à Erquy. Le papillon contre la vitre. Le départ de Jacqueline. L'absolution de Paul sur la plage. Cet océan qui ne l'aimait pas.

Il commença à sentir le froid. Mais ce n'était pas grave. Puis la monotonie de l'effort entreprit de ronger ses muscles. Mais ce n'était pas grave non plus. Puis les tremblements vinrent. Mais, se disait Marcel, ce n'était toujours pas grave. Pas grave la douleur aiguë aux genoux, pas grave les poumons qui brûlaient, pas grave la gorge que l'eau salée étranglait, pas grave, les cinquante ans de mariage partis dans la flotte. Enfin, au bout de six heures, avec la mer qui se réveillait, arriva l'angoisse. Ça, ce n'était pas grave – c'était fatal.

Où en était-il ? À la moitié ? À peine ? Y arriverait-il ? Et où en était-il de son existence maintenant ? La vie, la traversée, tout foutait le camp. Quel endroit pour se rendre compte qu'il faut tout reconstruire, au milieu de rien ! Se concentrer sur ses mouvements, voilà ce qu'il fallait faire. Un bras en avant, le battement des pieds, la respiration. Mais il n'avançait plus. Son corps avait donné tout ce qu'il pouvait, après tout, il était si vieux ! Les ferries qui passaient ne seraient bien sûr d'aucun secours ; au contraire, ces immeubles flottants qui déchiraient l'océan dans un tremblement d'écume, de bruit et de ferraille – ils seraient sa mort assurée s'il s'en approchait. Un bateau de pêcheur, peut-être ? Il n'en avait pas vu beaucoup aujourd'hui. Et, à cet instant, autour de lui, il ne voyait rien. Ni le soleil, ni l'île, ni même l'océan. Le ciel s'était plombé de gris et de vert. Il n'avait pas senti Sciron, le grand vent, mais à présent il découvrait tous ses soldats énervés, ces vagues qui défilaient inlassablement et le rendaient impuissant. Marcel, au milieu, montait et descendait. Quand une vague le propulsait vers le haut, il voyait, comme depuis un mirador, cette mer devenue monstrueuse. Et, quand il redescendait aux creux des vagues, ces brutes géantes et verdâtres le regardaient de haut et lui rappelaient à quel point lui, l'homme, était insignifiant dans cette immensité chaotique.

C'est ainsi que la mort apparut à Marcel : naturelle, évidente. Elle était si près qu'il pouvait toucher ses doigts d'écume. Alors, il cessa de trembler et regarda ce Styx vert, ce désert d'eau et de ciel, et se sentit prêt, calme et profondément lucide.

Soudain, derrière une déferlante immense et noire, il la vit, la figure fuyante qui l'avait suivi sur mille kilomètres, sur mille années aussi, peut-être, et ce n'était pas Jacqueline. Ô grâce, ce n'était pas elle ! Enfin il reconnaissait ce fantôme si familier qui lui avait soufflé toute l'absurdité de son ambition, la futilité de ses rêves, trempé qu'il était lui aussi et au bout de ses forces, mais bien là quand même. Alors, sa vie ne tenant qu'à un fil et, écartelé par une mer déchaînée, Marcel le regarda en face, ce fantôme : c'était Marcel Le Gall.

Sur ce fleuve qui allait vers ses vieux jours, il avait essayé de reconnaître celui qui l'empêchait toujours d'être lui-même. Il avait cru que c'était Dieu, il avait cru que c'étaient les malintentionnés ou son plus grand amour. Mais non, c'était lui. Et il était une armée à lui seul.

Le souvenir de son histoire revenait avec mille visages. Tous les hommes qu'il avait été, ceux qu'il avait voulu être et ceux qu'il avait cru être, étaient là dans la flotte. Qui était-il vraiment, parmi tous ces personnages ? Le petit garçon qui rageait sous les coups de son père, l'adolescent aux blagues cruelles, le prétendant qu'on n'aimait pas ? Le soldat d'Algérie qui se rêvait déserteur, le chef juste et le chef injuste, l'amant pressé d'une femme de passage ? L'ami fidèle, l'ami généreux ? Le bon fils, le mauvais fils, le jamais père, celui qui faisait le beau, le menteur, le tricheur, le héros d'un jour, le gagnant, le perdant ? Ils étaient tous là à le regarder mourir.

Tu vois, lui soufflaient-ils, on te l'avait bien dit… On te l'avait bien dit que tout ça, ça finirait au cimetière.

Marcel se laissa alors aller dans les vagues ; elles le happèrent dans leur obscurité. Tandis qu'il coulait, il eut une pensée étrange.

Il était la somme de tous ces hommes.

45

— Madame Verbowitz, madame Verbowitz ! hurlait Mme Tricot, la voisine, maquillée, permanentée, qui courait à travers le jardin, mal à l'aise dans des chaussures neuves à talons.

Elle rencontra d'abord le petit Conrad sur son tricycle, et lui lança :

— Dis à ta grand-mère qu'il faut qu'elle vienne tout de suite !

Alors le petit se mit à crier, et sa grande sœur aussi :

— Mamie ! Mamie !

Et la voisine, de concert :

— Madame Verbowiiiiiiiiiiitz !

— Oui, oui, oui ! Qu'est-ce que c'est ? fit Nane en sortant lentement de derrière les tonnelles.

— Madame Verbowitz ! fit Mme Tricot, tout essoufflée et visiblement paniquée. Comment ça se fait que vous ne répondez pas à votre téléphone ? Ils ont retrouvé le mari de votre cousine. Ah ! mon Dieu !

— Où ? Où qu'ils l'ont retrouvé ? demanda Nane.

— Dans le port ! Ils l'ont mis à l'hôpital Dumonté, vous savez où c'est ?

— Mais il est vivant ou il est mort ?

— Ben, je sais pas trop, d'après ce qu'ils disaient, il avait pas l'air très vaillant.

— Oh, saloperie de saloperie ! fit Nane. Dites, madame Tricot, ça vous embêterait de garder les petits ? Arminda, elle est avec son poissonnier et…

— Oh, mais ma pauvre ! répondit Mme Tricot dans tous ses états, Bernard et moi on doit prendre un ferry dans une heure pour aller voir ma belle-sœur à Saint-Gilles. Et toutes ces émotions, ça m'a déjà mise en retard. Oh là là là là là là là là ! J'en suis toute retournée…

Et, avant que Mme Tricot ait pu poser sa dernière question : « Et votre cousine ? » Nane se dirigeait déjà vers la maison et criait :

— Les gamins ! Allez, tout le monde dans la voiture, vite, vite, vite ! Allez, hop, on se dépêche ! Conrad, Fleur, tout de suite, dans la voiture à mémé ! Mathis, va me chercher Lolotte. Philémon, Philémon ! Tu descends de là ! Ryan, Philémon, je vous avertis, si mémé doit aller vous chercher, j'en connais des qui vont avoir les miches vermillon !

Dix minutes après, ce qui était un exploit pour rassembler six gamins de quatre à onze ans, tout le monde se serrait dans la vieille R5. Deux devant et quatre derrière, et Nane, l'oreille collée à son portable, au volant. La R5 démarra à toute allure, et sortit de la rue de la Forge dans un nuage de poussière. Ils foncèrent dare-dare vers Port-Joinville, grillèrent quelques stops et firent des frayeurs à des cyclistes hollandais. Quand ils arrivèrent dans le petit hôpital, Nane fit asseoir tous les mômes à la réception et parla au médecin.

— Il va s'en sortir ? demanda-t-elle.

— C'est difficile à dire. Si sa température ne remonte pas au-dessus de trente-six degrés dans les heures qui viennent… à soixante-seize ans… je serai très pessimiste.

Les pêcheurs qui l'ont récupéré dans le port disent qu'il venait de Notre-Dame-de-Monts à la nage. Il faut être quand même être un peu frappé.

Peu après, Arminda arriva en courant à l'hôpital, suivie de Bruno. Ils embarquèrent les gamins, et Nane put enfin entrer dans la chambre 12, où Marcel était inconscient. Elle fit le tour du lit, et s'assit en soufflant sur la chaise près de la fenêtre. Elle regarda longtemps le fantôme bleuté qui gisait sur le matelas et dont sortaient quelques tubes.

— Alors c'est toi, hein, fit-elle.

Après un long moment, elle reprit :

— C'est bien vrai que t'as arqué mille kilomètres et les dix-neuf derniers à la nage ? Eh ben mon cochon, ah çà, je dis pas, t'en as dans le caleçon. Mais ça serait quand même ballot de s'arrêter là ! T'as fait tout le chemin, hein, on va dire que t'as fait le plus difficile, tu vas pas nous claquer dans les doigts maintenant ! J'ai tout un tas de mômes, je suis sûre que ton histoire ça les tiendrait tranquilles, tiens.

Nane n'eut pas de réponse à ses questions. Elle regarda par la fenêtre. Dehors, tout s'agitait comme si de rien n'était. Elle suivit des yeux un jeune couple muni de vélos et qui avait l'air perdu, montrant une carte à une mamie locale qu'ils avaient arrêtée pour lui demander le chemin. Nane ne put s'empêcher de sourire à la vue de ces jeunes pressés et de cette grand-mère qui leur tenait la jambe. Puis elle soupira et regarda à nouveau Marcel.

— Ben dis donc, fit-elle, c'est pas marrant de discuter avec toi ! Je connais des morts qui sont plus causants que toi ; ou c'est que t'es pas vraiment mort...

— J' les ai vus, fit Marcel dans un souffle.

— Mais qui donc ? Saint Pierre ? Le petit Jésus ? demanda Nane en se redressant sur sa chaise.

Marcel écarquilla les yeux.

— Les parents de ma femme, mentit Marcel.

— Oh, ben merde ! souffla Nane.

Elle aurait voulu appeler quelqu'un, mais se dit que c'était sûrement trop tard. Marcel divaguait, mais il fallait continuer à le faire parler, ça le garderait en vie.

— Dans la flotte, ils disaient que je n'allais pas y arriver, que j'étais lâche.

— Et qu'est-ce que t'as fait quand tu les as vus ?

— Rien, répondit Marcel.

La fièvre faisait place à un grand calme.

— Je suis reparti, c'est tout.

— J'ai bien l'impression qu'en repartant tu leur as botté le cul, à tes fantômes ! s'esclaffa Nane.

— C'est toi, la cousine Nane, hein ? demanda Marcel en ayant l'air de retrouver ses esprits.

Nane fit oui de la tête.

— Bon, ben alors je suis au bon endroit.

Et Marcel referma les yeux.

— Je veux pas te chiffonner, mon petit, mais t'as pas la gueule de quelqu'un qu'est au bon endroit.

Puis elle se rassit. Après quelques secondes de silence, elle laissa échapper un petit rire. Marcel rouvrit les yeux d'un air interrogateur.

— Il faut quand même dire que c'est drôle, gloussa Nane.

— Quoi ?

— Que je te connaisse ni d'Ève ni d'Adam, et que je te voie là à moitié clamsé et que tu me sortes que dans tes derniers instants t'as vu ma tante Cécile et mon oncle Edmond ! Et qu'en plus, ils te disent que c'est toi le toquard de la famille. C'est fort de café !

Marcel ne répondit rien, mais ses yeux ne comprenaient pas.

— Mais mon petit, fit Nane, parce que si tu les avais connus comme moi, tu verrais le cocasse ! Tante Cécile et oncle Edmond, ils ont passé leur vie dans l'ombre d'un héros. Le héros de la Résistance, le médaillé, tombé pour la France, au champ d'honneur et tout le bastringue, et ben c'était mon père, figure-toi ! Le grand frère d'Edmond. Et ma mère aussi, elle a eu son heure de gloire au nom de la patrie. Moi, je m'en tamponnais le coquillard, que mes parents soient des héros, d'ailleurs j'aurais préféré qu'ils en soient pas, parce qu'ils auraient peut-être vu mon quatorzième anniversaire au lieu d'aller se faire zigouiller. Mais bon, ça, c'est ma croix. En tout cas, dans les grandes familles, Marcel, c'est pareil que dans les petites : y a des héros et y a le reste. Et Edmond et Cécile Darginay de Boislahire, ils faisaient partie du reste. Ça, ça a été leur croix à eux. C'étaient pas des gens mauvais, non. Mais t'imagines passer ta vie à entendre : c'est vous le héros de la Résistance ? Non, c'est l'autre. Ç'a beau être un frangin, la gloire elle te passe quand même sous le nez, et quoi que tu fasses dans ta vie après il reste plus que les miettes. Surtout qu'Edmond, il a pas fait grand-chose de son nom. Du coup, tes beaux-parents, ils sont enterrés dans le caveau de la famille à Montrie. Sous le nom de mon père, y a des drapeaux français et des épithètes et tout, et les gens, des fois, ils passent et ils mettent des fleurs. Mais sous le nom d'Edmond et Cécile, qu'est-ce qu'il y a ? Du vent. Voilà. Alors que tata et tonton sortent en maillot de bain un jour de tempête pour te dire que t'es pas digne de la famille, je trouve ça cocasse. T'es bien sûr que c'étaient eux ?

Marcel ne disait rien. Jamais il n'oserait dire que le visage qu'il avait vu au fond des vagues, le visage de son pire ennemi, c'était le sien. Pourtant Nane avait cessé de rire, comme si elle savait. Ils regardèrent tous deux les nuages qui passaient entre les rideaux. Marcel remonta sa couverture et toussa, ce qui fit sursauter Nane.

— Enfin bon, se reprit-elle, on va pas se mettre dans les vieilleries. J'imagine que t'as pas fait tout ce chemin pour me parler de mes aïeux, ou alors tu visites les îles, toi aussi ?

— Jacqueline, fit Marcel.

— C'est bien ce qui me semblait. Mais comme je te le disais, t'es pas au bon endroit.

Après une pause, elle ajouta :

— Elle est partie.

— Où ?

— Loin.

— Tu sais, fit Marcel, je viens de me taper mille bornes, alors « loin », je le vois autrement depuis quelque temps.

Nane soupira.

— Crois-moi si tu veux, mais elle m'a pas dit où elle allait.

Marcel secoua la tête. Ah çà, il voulait bien le croire. Décidément, Jacqueline n'aimait pas les confidences.

— Elle est partie à New York, fit une petite voix du côté de la porte.

— New York ? s'étonna Marcel, en plissant les yeux sur un petit garçon qui semblait s'inviter dans sa chambre.

C'était Mathis.

— Manhattan, dit-il fièrement, ses petites lunettes bleues braquées sur le drôle d'oiseau qui avait traversé l'océan.

Au bout d'un moment, Nane ajouta :

— T'es pas le seul à avoir le cafard. Moi aussi, j'aurais bien aimé qu'elle reste.

— Manhattan, répéta-t-il.

Puis, contre toute attente, il sourit.

— Une île encore plus loin… Et t'es qui, toi ? demanda-t-il à Mathis.

Le garçon prit la question pour un encouragement et s'approcha du lit.

— J'suis le fils d'Arminda, j'habite avec Nane. Je l'aimais bien, Jacqueline. C'est vrai que t'as traversé l'océan ?

— Je veux, mon neveu. T'as pas affaire à n'importe qui, je te le promets ! Tout seul qu'il l'a traversée, la mer, le vieux Marcel.

Pour l'emphase, il aurait voulu lever le doigt, mais la seule idée du geste lui tiraillait la poitrine. Alors il se contenta de reprendre son souffle. Mais Mathis l'observait comme s'il avait été Neptune en personne.

Ils demeurèrent silencieux quelques minutes, et enfin Nane se leva.

— Bon, c'est pas le tout, gros père, mais il va falloir reprendre du poil de la bête. Pour ça, fais confiance à la vieille Nane, t'es au bon endroit. J'ai un petit bungalow…

Et, alors qu'elle bordait Marcel et commençait à ordonner les choses dans la petite chambre, elle lui expliqua les conditions du séjour « remise en forme » à la villa Jolie-Fleur.

Elle lui dit aussi que Virginie Ouadé, une jeune femme sculptrice d'origine béninoise, allait venir s'installer chez elle avec sa fille Monette. Elle l'avait embauchée pour organiser son atelier, surtout qu'elle pensait se remettre à la sculpture.

— Une idée à ta femme. Elle a pas tort, pendant ce temps-là je ferai pas de conneries.

Mais ce n'était pas ce qu'il manquait, chez elle, les chambres, et comme on dit : plus on est de fous…

— Tiens, fit Marcel, tu peux appeler l'infirmière ? Il faut que je me redresse.

— Y a une télécommande exprès, là, intervint Mathis.

— Heureusement qu'on a des experts avec nous, hein mon p'tit gars ! La dernière fois que je suis allé à l'hosto, ton père il était pas né, t'as qu'à voir !

Malgré la télécommande, Marcel était tellement faible que, pour se relever, ce fut toute une opération. Il voulait attraper le téléphone sur la table de chevet, mais des grimaces vinrent briser son visage. Il tremblait dès qu'il bougeait, et il avait toujours ce teint bleuté qui faisait mal au cœur à Nane.

Il saisit enfin le combiné et, lentement, très lentement, il appuya sur les touches. Un téléphone sonna au loin, et Nane entendit le bip d'une messagerie vocale.

— Paul, c'est Marcel. Je suis arrivé à bon port, une promenade de santé. Dis, toi qui connais la crème des journalistes, dis-lui que j'ai un scoop pour son papelard. Oui, le papy d'Erquy il a un nouveau projet : New York. L'Atlantique à la rame. Oui, monsieur. Madame est partie à New York, alors il faut bien suivre. Manhattan. Je te rappellerai, hein. Allez, au revoir.

Mathis souriait de toutes ses dents, même de celles qui lui manquaient. Mais Nane regarda Marcel avec tristesse et lui souffla :

— Tu sais, Marcel…, ta femme, elle est partie et elle a tiré un trait…

— Pop pop pop, l'interrompit Marcel en levant sa main perfusée pour la faire taire.

— Eh, monsieur Marcel, intervint Mathis, comment tu vas aller à New York, si t'as pas de valise ?

— Je vais te faire une confidence, mon p'tit bonhomme, lui répondit doucement Marcel. Les grands, ici, ils vont me prendre pour un fou, mais je sens que toi et moi on va se comprendre.

Il déglutit lentement, ce qui secoua un peu les rides de son vieux cou tout sec.

— Toutes ces histoires de traversées là, la Loire, l'Atlantique ou la vie, c'est pareil : l'arrivée, c'est pour ceux qui sont pressés, mais finalement le plus important c'est de se mettre à la flotte.

Nane hocha la tête.

— Mais dis pas ça au toubib ou aux gens sérieux, c'est un secret entre nous, d'accord ?

Mathis fit oui du menton.

Quand il eut repris son souffle, Marcel soupira.

— Et dire qu'il m'a fallu tout ça pour m'en rendre compte.

Nane ne savait pas si « tout ça » voulait dire le départ de sa femme, les mille bornes dans la Loire ou ses soixante-seize ans – ou peut-être même encore autre chose. Elle prit la main du vieil homme et la serra dans la sienne. Marcel avait à nouveau un éclat dans le regard. Ils se comprenaient eux aussi.

46

L'automne était encore tout jeune, mais il faisait aussi froid qu'en novembre. Ce jour-là, comme tous les jours depuis l'été, et même si le ciel était gris anthracite, Marcel s'entraînait, dans l'eau, au large de l'île d'Yeu, avec son coach, Monette, six ans. Lui qui ne connaissait rien aux enfants trouvait que cette petite fille faisait de lui non seulement un athlète hors pair, mais aussi un grand-père formidable.

Sur la plage des Vieilles l'attendaient une petite équipe de tournage de France 3, ainsi qu'un journaliste de Neptune FM et un autre du *Courrier de l'Ouest*. Ils grelottaient sur la plage et s'impatientaient. Quelques badauds avaient rejoint le groupe. Bruno tenait dans ses bras Arminda et Mathis, emmitouflés dans leurs polaires. Les yeux du petit garçon brillaient d'une admiration sans bornes. Nane, les mains abîmées par les burins, observait la scène de loin, bien au chaud dans sa vieille R5. Quand, enfin, l'homme-poisson revint sur la terre ferme, on mit la caméra en marche et on sortit les flashes. Sur son parking, Nane se dit que cet homme-là aurait plu à son père. Dégoulinant d'eau glacée, Marcel, les lèvres violettes, fit à l'assemblée un large sourire quand la productrice lui présenta un gâteau d'anniversaire, sur lequel elle tentait désespérément d'allumer des bougies.

Pour le reportage, c'était la scène clef : l'homme-poisson, qui parlait de traverser l'Atlantique en solitaire, fêtait aujourd'hui ses soixante-dix-sept ans. Ça ferait une image sensationnelle, Marcel sur la plage, dans la combinaison aux couleurs de ses sponsors, soufflant ses innombrables bougies avec l'océan déchaîné en arrière-plan.

— Si seulement il n'y avait pas tant de vent ! Si seulement on arrivait à allumer ces satanées bougies ! sifflait la productrice en s'énervant sur son briquet.

Finalement, tout le monde se rassembla autour du gâteau afin de le protéger du vent, et il s'alluma enfin. Action ! Joyeux anniversaire ! Sur les écrans des appareils photo numériques, sur le moniteur de l'équipe de télévision, Marcel rayonnait comme un jeune premier. Resplendissant, déterminé, poussé par tous les hommes qu'il avait été, entraîné par l'homme qu'il n'était pas encore, il se préparait pour sa grande traversée. Alors qu'il s'apprêtait à souffler, Zéphyr, le vent fripon, éteignit ses bougies et découvrit une éclaircie.

Était-ce le même vent qui, sur un autre continent, s'acharnait à s'emparer des jupons de bronze d'une vieille dame française ? Il avait beau souffler, souffler, pas un millimètre ne bougeait. La robe de Jacqueline, en revanche, jouait les derviches tourneurs. Debout sur le pont du ferry, serrant son imperméable et son appareil photo, la vieille dame regardait Liberty Island s'approcher et, au milieu, stoïque dans la tourmente, la statue de la Liberté. C'est à ses pieds qu'elle avait rendez-vous avec Paul. Viendrait-il ? Ses doigts serraient le sac plastique de la librairie d'Eugene. Il y avait dedans quelques livres pour les enfants de Djagballo, une enveloppe en papier kraft et une lettre à Perpétue, où elle lui annonçait qu'enfin elle avait pris un billet pour un séjour au Bénin en février. Mais Jacqueline oublia bien vite Perpétue : elle avait vu Paul.

Que sont maladroits les gestes des jeunes amoureux ! Et plus maladroits encore ceux des amoureux qui se connaissent depuis toujours. Le vent se mêla aux mots du nouveau langage qu'ils inventaient à chaque seconde, l'un avec l'autre. Qu'importe ce qu'ils se dirent. Ils étaient ensemble.

Plus tard, ils rejoignirent le ferry pour rentrer sur l'île de Manhattan. « New York avec Paul ! » pensa Jacqueline. Le rêve avait beau être vieux, l'émerveillement qui s'emparait d'elle était neuf. Et, alors que ses cheveux battaient son visage et que ses yeux s'enivraient de ces lendemains splendides, quelque part dans l'univers, une explosion éblouissante emplissait l'infini de poussière irisée comme les ailes d'un papillon.

Mais il faudrait encore bien des vies pour qu'un cœur pût un jour en saisir la lumière.

Vous avez aimé ce livre ?
Partagez vos impressions sur la page Facebook des Editions Belfond : http://www.facebook.com/belfond

Vous cherchez de nouvelles idées de lecture ?
Recevez notre newsletter Belfond ! Chaque mois, nous vous envoyons un petit guide des nouvelles parutions et actualités de nos auteurs. Et bien d'autres surprises sont à découvrir à l'intérieur…

Pour vous inscrire, rendez-vous sur le site **www.belfond.fr**, et cliquez sur le lien en haut à droite « inscrivez-vous à nos newsletters ».

Éditions Belfond,
12, avenue d'Italie,
75013 Paris.

Canada :
Interforum Canada, Inc.,
1055, bd René-Lévesque-Est,
Bureau 1100,
Montréal, Québec, H2L 4S5.

ISBN : 978-2-7144-5425-6

Composition et mise en pages : FACOMPO, LISIEUX

Cet ouvrage a été imprimé en France par

CPI
BUSSIÈRE

à Saint-Amand-Montrond (Cher)
en février 2013

N° d'impression : 124553
Dépôt légal : mars 2013